Alice Garcia   FSI

CW01431179

FOLIO SCIENCE-FICTION

Stefan Wul

Oms en série

Denoël

Cet ouvrage a été précédemment publié dans la collection Présence du futur aux Éditions Denoël.

© *Éditions Denoël, 1972.*

Né en 1922, Stefan Wul a brièvement illuminé la science-fiction française entre 1956 et 1959, publiant en trois ans onze romans inoubliables qui constituent l'essentiel de son œuvre.

Écrivain sensible, spontané, il a pendant cette période développé une écriture inventive et intemporelle, permettant à des romans tels que *Niourk, Oms en série* ou *La peur géante* d'accéder au statut de classiques du genre, régulièrement réédités depuis lors.

Suite à cette période exceptionnellement féconde, Stefan Wul a cessé d'écrire pour se consacrer à sa profession de chirurgien-dentiste, n'effectuant qu'un bref retour en 1977, avec la parution de *Noô*.

Oms en série a été porté à l'écran par René Laloux sous le titre *La planète sauvage*, sur des dessins de Roland Topor.

PREMIÈRE PARTIE

1

En silence, le draag s'approcha du hublot donnant sur la salle de nature. Souriant, il regarda jouer sa fille.

C'était une jolie petite fille draag, avec de grands yeux rouges, une fente nasale étroite, une bouche mobile et, de chaque côté de son crâne lisse, deux tympans translucides à force de finesse.

Elle courait sur le gazon, faisait des culbutes et se laissait rouler jusqu'à la piscine en poussant des cris de joie. Puis elle descendait sous l'eau le plus bas possible et prenait assez d'élan pour surgir, telle une fusée, jusqu'au plongeoir où elle s'accrochait du bout des doigts.

Comme elle recommençait pour la troisième fois son manège, elle manqua le plongeoir et dut déplier la membrane de ses bras pour planer jusqu'au gazon.

Elle resta un moment debout, rêvant à quelque nouveau jeu. Menue pour ses sept ans, elle n'avait que trois mètres de haut.

Son père entra dans la salle de nature et s'avança

vers elle. Il la prit par la main, souriant toujours. Elle leva la tête vers lui.

— Je t'avais promis une surprise, dit le draag.

Elle resta un moment immobile, puis, ses yeux rouges s'allumant de joie, elle serra de ses vingt petits doigts la main de son père et cria :

— L'ome du voisin a eu son petit !

— Elle en a eu deux, dit le draag. C'est assez rare. Nous te choisirons le plus beau. Ou plutôt non, tu le choisiras toi-même.

Elle tira le bras de son père en trépignant.

— Vite, père, emmène-moi les voir !

— Habille-toi d'abord, dit le draag en montrant la tunique abandonnée sur le gazon.

À la hâte, elle passa le mince vêtement et courut devant son père pour arriver plus vite. L'un suivant l'autre, ils traversèrent le terre-plein les séparant de la demeure voisine.

— Vite, père, disait l'enfant draag en se haussant sur ses jambes pour essayer de toucher l'introducteur, simple plaque brillante fixée sur la porte.

— Tu es trop petite, ne t'énerve pas, dit le draag en touchant de la main l'introducteur.

Le visage du voisin apparut sur la plaque et dit :

— Te voilà, Praw, je vois que tu m'amènes Tiwa.

— Et dans quel état d'impatience ! sourit Praw de sa large fente buccale.

La porte s'ouvrit devant les visiteurs. Le voisin les attendait, debout à l'entrée de la salle de nature. Il déplia poliment ses membranes en étendant les bras.

— Bonheur sur toi, Praw.

— Bonheur sur toi, Faoz, répondit le père de Tiwa.

Déjà, se coulant sous les jambes du voisin, la petite courait sur le gazon. Son père la rappela, mi-indulgent, mi-sévère.

— Tiwa ! Tu n'as pas salué.

Tiwa déplia rapidement une membrane.

— Bonheur…, dit-elle. Oh ! voisin Faoz, où sont-ils ? Où sont les petits oms ?

De son gros œil rouge, Faoz fit un signe complice à Praw.

— Par ici, dit-il en traversant la salle.

Ils passèrent plusieurs portes et entrèrent dans une petite omerie où flottait une légère odeur animale, malgré la propreté immaculée des lieux.

Étendue sur un coussin, une ome allaitait ses deux petits. Elle les tenait serrés contre elle dans ses bras repliés, tandis qu'ils suçaient goulûment ses deux mamelles.

Tiwa se pencha en avant pour les voir de plus près.

— Oh ! dit-elle, ils n'ont presque pas de poils sur la tête !

— Quand il s'agit d'un om, on dit des cheveux et non des poils, précisa Praw. Ils viennent de naître, leurs cheveux pousseront par la suite.

Elle regarda les longs cheveux blonds de la mère.

— Est-ce qu'ils auront des cheveux dorés, comme leur maman ?

— Certainement, dit Faoz, le père était aussi de race dorée.

— Ils sont de race pure ? s'étonna Praw. Tu

sais, Tiwa, c'est un beau cadeau que tu reçois du voisin Faoz !

— Mais non, ça me fait plaisir pour Tiwa ! Lequel choisis-tu, Tiwa ?

La petite avança la main.

— Je peux les toucher ?

— Attention, la mère pourrait mordre. Laisse-moi te les montrer.

Faoz déplia sa membrane et caressa les cheveux blonds de l'ome. Celle-ci gronda un peu, du fond de la gorge.

— Allons, allons, la calma son maître. Sois sage, Doucette. Je ne veux pas leur faire de mal. Je vais te les rendre aussitôt… Tu comprends ?

Il prit les deux jumeaux en disant :

— Elle est intelligente et affectueuse, mais ça les rend toujours un peu hargneuses d'avoir des petits. C'est l'instinct !

Il posa un petit dans la main tendue de Tiwa. Le bébé se tortilla comme une petite grenouille en agitant deux minuscules poings fermés. Une goutte de lait coulait de sa bouche braillante et édentée.

— Qu'il est mignon ! admira Tiwa.

Suppliante, l'ome s'accrochait tantôt aux jambes de son maître, tantôt à celles de Tiwa en disant sans arrêt : « Bébé ! bébé ! » Le draag lui caressa la tête de sa main libre.

— Mais oui, ma Doucette, on va te les rendre, mais oui, sois sage !

— Ils sont tout pareils, dit Tiwa en berçant le bébé dans le creux de sa main. Je choisis celui-là. Je peux l'emporter tout de suite ?

Son père protesta.

— Non, il est encore trop jeune, tu le prendras dans quelques jours, quand il saura marcher.

La petite draag parut déçue. Ses yeux rouges se ternirent.

— Mais tu pourras venir le voir d'ici là, dit le voisin en lui enlevant le bébé.

— Oui, dit le père, quelques jours sont vite passés. Et puis, il faut me laisser le temps de faire aménager une omerie à la maison.

Tiwa désigna le coussin sur lequel la mère ome retournait ses petits en tous sens pour voir s'ils n'avaient pas souffert des draags.

— Il y aura un coussin comme ça dans l'omerie ?

— Bien sûr.

— Et une mangeoire comme ça ?

— Mais oui !

Elle sauta sur place en faisant claquer ses membranes axillaires. Elle chantonna :

— Un petit om ! Un petit om !

Puis, soudain plus sérieuse :

— C'est la bête que je préfère !

Les deux draags sourirent.

— Et pourquoi ?

— Parce que ça peut parler, ça peut même nager quand on leur apprend.

— Oui, mais assez mal... Eh bien ! nous allons laisser notre voisin tranquille.

Il se tourna vers Faoz en dépliant ses membranes.

— Merci, Faoz. Bonheur sur toi !

— Bonheur, dit Faoz en les reconduisant. Ne me remerciez pas, c'est peu de chose.

Il caressa la tête lisse de Tiwa.

— Bonheur, petite. Et à bientôt !

— Bonheur sur toi, voisin Faoz.

Elle traversa le terre-plein en sautillant de joie, à la suite de son père. Elle était heureuse ; dans quelques jours, les petits oms sauraient marcher, elle pourrait prendre le sien.

Il est vrai qu'un seul jour de la grosse planète Ygam équivalait à quarante-cinq jours d'une petite planète nommée Terre, monde très lointain d'où les oms étaient originaires.

2

Quand le petit om choisi par Tiwa fut assez grand pour marcher seul, on le sépara de sa mère. Le voisin Faoz exigea que cette séparation fût progressive, car il était bon et aimait les bêtes.

Il commença par confier le petit à Tiwa pendant une seule heure par jour, puis deux, et ainsi de suite… Ainsi, la mère et le petit se déshabituaient peu à peu l'un de l'autre. Au début, la mère geignit interminablement à chaque départ de son fils pour la demeure voisine. Puis elle reporta de plus en plus son affection sur son autre enfant.

Quand on installa définitivement le petit om dans l'omerie aménagée à son intention, la mère ne souffrit plus que d'un vague regret sans objet précis. Mais pendant plusieurs jours encore, elle geignait, par moments, sans bien savoir pourquoi.

Quand Tiwa sut qu'on ne lui reprendrait plus son petit om, elle dit :

— Cette fois, il est bien à moi ! Comment vais-je l'appeler ?

— Le nom de la mère ome est Doucette, conseilla son père, appelle-le Doucet.

Tiwa regarda le jeune animal qui arrachait à poignées le gazon de la salle de nature,

Il s'accroupissait sur ses petites jambes potelées, crispait ses poings dans l'herbe avec un air de béatitude sur le visage et jetait des touffes vertes dans l'eau de la piscine en poussant de grands rires de jubilation.

— Doucet ne lui irait pas, dit l'enfant draag. Regarde comme il est vigoureux !

— Il faut l'arrêter, dit Praw. Ce petit démon va saccager la salle de nature.

Il brandit les bras, déplia ses membranes et envoya du vent en direction du petit om, en disant :

— Hou ! Veux-tu bien cesser, petit démon !

— Non, père, dit Tiwa, tu vas lui faire peur. Il ne sait pas ce qu'il fait, c'est une petite bête !

Mais l'animal ne semblait pas effrayé du tout. Imitant le draag, il agitait ses petits bras et criait à son tour :

— Hou ! Ti démon, hou !

Le père et la fille éclatèrent de rire. Néanmoins, le draag fit deux grands pas vers l'om et le prit par une jambe. Il le fit tournoyer dans sa main et l'emmena dans l'omerie malgré les protestations de Tiwa.

— Il faut qu'il dorme un peu, dit-il en fermant la porte de l'omerie. Il a fait assez de bêtises depuis tout à l'heure, il a besoin de se reposer.

Il ajouta, pour détourner le mécontentement de sa petite fille :

— Finalement, quel nom vas-tu lui donner ? Il a déjà de beaux cheveux, comme sa mère. Appelle-le Doré.

La petite fit la moue, tandis que son père la poussait doucement vers la salle de nature.

— Il y a trop d'oms qui s'appellent Doré parce qu'ils ont des cheveux comme ça, dit-elle.

À cet instant, on entendit au loin deux petits poings frapper la porte de l'omerie tandis qu'une voix aiguë criait :

— Hou, ti démon !

Les deux draags rirent encore.

— Il est terrible ! s'exclama le père.

La petite cessa de rire d'un seul coup.

— Père, dit-elle, je l'appellerai Terrible.

Praw s'étonna :

— Ce n'est pas un nom d'om !

Ça ne fait rien, père, je trouve que ça lui va bien. Pour aller plus vite, je lui dirai Terr !

Praw sourit.

— Fais comme tu veux, Tiwa, cet om est à toi.

— J'écrirai son nom sur son collier, je... Oh ! père, il n'a pas encore de collier !

— Nous lui en achèterons un.

Tiwa trépigna.

— Tout de suite, père, tout de suite. Emmène-moi acheter un collier pour Terr !

Une draag aux yeux verts entra dans la salle de nature. Praw se tourna vers elle.

— Tu entends, Wami, la petite veut que j'achète un collier pour l'om.

Tiwa supplia la draag à son tour.

— Mère, tu veux bien ? Tu veux bien que je sorte avec père pour acheter un collier à Terr ?

— Terr ? dit la mère de Tiwa. Qui est Terr ?

— C'est le nom que j'ai donné à mon petit om.

La draag fit claquer ses membranes avec sévérité.

— Je n'entends plus parler que de cet om ! dit-elle. Depuis qu'il est ici, tout marche de travers. Je parie que tu ne t'es pas instruite aujourd'hui ?

Tiwa lança à la dérobée un regard malheureux sur les écouteurs d'instruction qui pendaient au mur.

— Non, mère, dit-elle d'une toute petite voix en clignant ses yeux rouges.

La draag s'approcha d'elle et lui enveloppa les épaules de sa membrane. Elle dit d'un ton plus doux :

— C'est bon, Tiwa, je te dispense encore d'instruction pour ce matin.

Elle se tourna vers Praw.

— Emmène-la acheter ce collier, Praw, si ça lui fait tant plaisir.

— C'était bien mon intention, dit le père, mais il faut qu'elle me promette de se mettre à l'étude dès notre retour.

Tiwa promit tout ce qu'on voulut et entraîna son père vers la porte de sortie.

Ils franchirent le terre-plein en diagonale et, pour aller plus vite, déplièrent leurs membranes pour se laisser planer jusqu'au sol.

Du haut de sa terrasse, le voisin Faoz les vit partir.

— Comment va le petit om ? lança-t-il.

— Très bien, répondit Tiwa, nous allons lui acheter un collier.

Le père et la fille montèrent dans la sphère et fermèrent le couvercle. Bientôt, la sphère quitta le sol et fila vers la ville, dont on voyait les blocs à l'horizon.

— Où allons-nous trouver ce collier, père? demanda Tiwa.

— Au bloc 12 A, il y a une grande omerie d'exposition. On y trouve tout ce qu'il faut pour les oms. C'est de là que j'ai fait venir le matériel pour notre omerie personnelle.

Ils furent en quelques minutes aux portes de la ville et quittèrent la sphère pour emprunter le chemin mobile menant aux blocs A.

Par des tunnels ou des ponts, ils traversèrent successivement les blocs des autres quartiers et parvinrent au centre de la ville, où la foule était beaucoup plus nombreuse et où les sphères des surveillants et des techniciens semblaient de grosses bulles de savon suspendues en l'air.

Ils quittèrent le chemin 3 et se laissèrent porter par le chemin A jusqu'au bloc 12. Arrivés dans le hall du bloc 12, ils montèrent dix étages et Tiwa fut émerveillée.

Un grand couloir était bordé d'un côté par des vitrines où l'on pouvait voir des oms de toutes races. Certains étaient blonds comme Terr. D'autres avaient la peau noire et les cheveux bouclés. Certains mâles avaient une crinière qui prenait naissance entre l'œil et l'oreille et, cernant la bouche, se terminait au menton.

Plus loin, s'alignaient des cages de verre où l'on voyait des chiens, des lions de Mars, des oiseaux d'Ygam et toutes sortes d'autres animaux de l'univers. Mais Tiwa n'avait d'yeux que pour les oms, cette race de petits singes venus de la Terre.

L'intérêt exclusif de Tiwa pour ces animaux n'avait rien de particulièrement original pour une draag. L'om était de loin le compagnon le plus prisé, sur Ygam. Un proverbe ne disait-il pas : « L'om est le meilleur ami du draag » ? D'ailleurs, c'est devant les cages d'oms que la foule était la plus nombreuse.

Praw laissa sa fille se distraire quelque temps à regarder les vitrines, puis il l'entraîna en disant :

— Le temps passe, petite. N'oublie pas que tu dois t'instruire en rentrant à la maison. Viens choisir un collier pour ton petit om.

Ils entrèrent dans une salle où l'on vendait toutes sortes de choses pour les animaux. Un vendeur se présenta aussitôt pour leur présenter différents modèles de colliers. Tiwa en choisit un grand de couleur bleue.

Elle s'inquiéta cependant de sa taille en disant

— Jamais cela n'ira à mon petit om.

Mais le vendeur la rassura en lui indiquant un bouton qu'il fallait presser plus ou moins pour rapetisser ou agrandir le collier. Il lui proposa aussi une laisse magnétique, simple bracelet qu'il suffisait de se passer au poignet pour empêcher l'om de s'éloigner à plus de six millistades, bracelet et collier étant réglés l'un sur l'autre.

Praw fit faire un paquet et ressortit du bloc en compagnie de Tiwa toute contente.

Au bout d'une demi-heure, ils furent de retour à la maison. Tiwa s'empressa d'aller à l'omerie, passa le collier au cou de Terr et le bracelet à son propre poignet. Puis, tenant ses promesses, elle alla s'asseoir sur le gazon de la salle de nature et mit à ses tympans ses écouteurs d'instruction tandis que le petit om, bercé par ses caresses, s'endormait sur ses genoux.

« … cycle élémentaire, murmuraient doucement les écouteurs, dixième leçon. Cette leçon sera consacrée à l'Ygamographie. Fermez les yeux, s'il vous plaît. »

Tiwa ferma les yeux et une image mentale précise se forma sous son crâne. Une sphère tournait lentement, une sphère divisée en taches irrégulières, rouges et vertes.

« Notre dernière leçon traitait de la genèse des mers et des continents d'Ygam. Voici maintenant la répartition de ceux-ci tels que les draags les ont volontairement redisposés à la surface d'Ygam. Les continents d'Ygam sont au nombre de six : quatre artificiels et deux naturels. Ces derniers n'ont pas été retouchés par les draags. Ils ont gardé la forme que le hasard leur avait donnée et servent de réserve aux espèces inférieures.

« Les quatre continents retouchés par les draags sont de forme triangulaire équilatérale et de dimensions égales. Deux sont placés à égale distance l'un de l'autre dans l'hémisphère A, les deux autres sont placés à égale distance l'un de l'autre dans l'hémisphère B. Leurs pointes sont dirigées vers les pôles, leurs bases regardent l'équateur.

« Les continents naturels sont placés à l'équateur, mais le plus loin possible des continents rectifiés, c'est-à-dire… »

Le petit om, dans un songe agréable, voyait tourner une sphère bariolée. Il entendait des paroles qu'il ne comprenait pas et n'aurait même pas pu prononcer correctement.

La main de la draag reposant sur sa tête, il en résultait que le bracelet était tout proche du collier. Par un phénomène très simple, mais auquel personne n'avait jamais pensé, Terr entendait et voyait, dans son sommeil, tout ce que sa jeune maîtresse percevait elle-même par ses écouteurs.

Les paroles et les images tombaient dans son subconscient comme des graines dans la terre vierge.

3

Terr prit l'habitude de toujours dormir sur les genoux de Tiwa quand elle s'instruisait.

Au début, les parents draag l'en empêchaient, craignant que leur fille ne fût distraite par la présence du petit animal. Mais ils remarquèrent bientôt qu'ils avaient mal jugé les choses.

En effet, lorsque Tiwa était privée de la présence du petit om, elle écourtait ses heures d'instruction pour aller plus vite jouer avec lui. Au contraire, la compagnie de son petit camarade inférieur l'incitait à rester plus longtemps les écouteurs aux tympans. Praw et Wami finirent même, après s'être rendu compte du fait, par conseiller à l'enfant de prendre le petit om avec elle pour adoucir la corvée d'instruction journalière.

Un jour, lorsque Terr eut un peu grandi, Praw entendit du bruit dans l'omerie où il l'avait enfermé pour quelques heures. Il s'approcha, prêta l'oreille et entendit chantonner l'animal. Étrange chanson aux paroles plus étranges encore :

« La ville Klud est la plus grande ville du continent A sud, la ville Torm est la plus grande du continent A nord, nord, nord… L'élément d'origine des draags est l'eau ; autrefois, les draags ne pouvaient pas respirer dans l'air… l'air… l'air ! Aujourd'hui, ils sont amphibies grâce aux mutations obtenues par le savant Zarek, Zarek, rek, rek !… »

Praw n'en crut pas ses tympans. Il alla retrouver Wami, sa femme.

— Wami, lui dit-il, il arrive une chose extraordinaire !

— Et quoi donc ?

— Le petit om sait… c'est incroyable… le petit om sait par cœur les leçons de Tiwa !

Wami haussa les épaules.

— Tu exagères toujours. Il se peut que Tiwa lui ait appris à prononcer quelques mots, mais de là…

Praw ne répondit pas et entraîna sa femme vers l'omerie. Derrière la porte close, une voix juvénile fredonnait :

« … c'est pourquoi, c'est pourquoi… les spores de glanel ne germent pas en terrain acide, acide… Tiwa, Tiwa, vilaine… laine, veux-tu t'instruire… L'atmo… l'atmosphère de la planète Sird se compose d'un tiers d'élément fort, fort, fort… et de deux tiers d'éléments faibles ! »

Praw ouvrit brusquement la porte et trouva Terr assis sur son coussin et se balançant d'avant en arrière pour rythmer sa chanson sans queue ni tête.

Terr était devenu un beau petit garçon aux cheveux bouclant sur les épaules. Il se leva d'un bond et courut dans les jambes de Praw en lui demandant :

— Sucre !

Perdant toute dignité, Wami se mit à chanter elle-même pour entraîner l'animal :

— Tiwa, petite vilaine... laine, veux-tu t'instruire !

Mais Terr éclata de rire et se tortilla pour échapper à la main de Praw. De l'œil, il guignait l'espace vert de la chambre de nature où s'ébattait Tiwa. Le draag le lâcha et le laissa courir vers la piscine où il plongea en gloussant de joie.

Perplexes, les époux draag se regardèrent.

— Après tout, dit Wami, nous avons un om qui parle mieux que les autres, il ne faut pas en faire toute une histoire. Il ne comprend absolument rien à ce qu'il dit.

— Évidemment, dit Praw. Il mélange tout, la botanique et la cosmographie, l'ygamographie et la biologie...

Ils entrèrent à leur tour dans la salle de nature et s'adressèrent à Tiwa qui sortait de l'eau.

— Sais-tu que ton petit om peut parler ?

— Bien sûr, dit Tiwa. J'essaye de lui apprendre à parler comme un draag, mais c'est difficile. Il y a des mots qu'il ne peut pas prononcer.

— Vraiment ? dit Wami. Ton père et moi, nous venons de l'entendre réciter tes leçons par cœur.

Surprise, l'enfant draag secoua ses membranes pour les sécher un peu. Elle dit :

— Ce n'est pas possible, Terr parle tout juste comme un bébé draag et... je ne lui ai jamais appris mes leçons, il n'aurait pas pu...

— Nous l'avons entendu ! affirma le père.

La petite secoua la tête.

— Alors, dit-elle, je ne sais pas… Peut-être… Je les ai peut-être récitées sans faire attention…

Praw se tourna vers sa femme :

— Je pensais que les oms ne pouvaient pas prononcer certains mots en raison d'une conformation spéciale de leur bouche, mais ce n'est pas ça !

— Que veux-tu dire ?

Praw sourit.

— Imagine, dit-il, un draag particulièrement bête sur une planète étrangère. Il arriverait à connaître dans la langue des étrangers une bonne centaine de mots utiles : sucre, sortir, faim, soif. Mais il serait incapable de former des phrases.

— Et alors ?

— Mais, suis-moi bien, il pourrait parfaitement « réciter » des phrases entendues, par cœur, sans en comprendre la signification. C'est exactement le cas du petit Terr.

Wami haussa encore les épaules.

— Voilà bien des mots pour un fait insignifiant ! Cet om est très attaché à Tiwa, il la suit partout. Il a dû l'entendre réciter ses leçons et les a apprises machinalement sans savoir ce qu'il faisait. L'incident est clos, n'en parlons plus.

Elle se tourna vers Tiwa.

— Cela me fait penser à quelque chose ; tu ne t'es pas encore instruite aujourd'hui. Dépêche-toi de mettre tes écouteurs.

Docilement, Tiwa alla pour décrocher ses écouteurs. Mais elle s'arrêta net. Sur le mur, le crochet était toujours là, mais les écouteurs avaient disparu.

Praw s'aperçut de la gêne de sa fille.

— Où les as-tu encore laissés traîner? dit-il en faisant claquer ses membranes.

— Je ne sais pas, père.

— Cherche bien. D'habitude tu t'assois sous les palmes, au bord de la piscine.

Ils cherchèrent dans l'herbe sans rien trouver. Tiwa plongea même pour explorer le fond de la piscine. Ils scrutèrent en vain les moindres recoins de la salle de nature.

— Je parie que tu as laissé Terr s'amuser avec, gronda Praw. Ces appareils sont très chers, tu n'es pas raisonnable, Tiwa.

Les yeux rouges de Tiwa se voilèrent de contrariété.

— Je t'assure, père...

— Je ne suis pas assez sévère avec toi, coupa le draag.

— Mais, père, je n'ai jamais laissé l'om jouer avec les écouteurs, c'est la vérité!

Le père resta songeur.

— Cela expliquerait pourtant bien des choses, dit-il... Où est Terr?

— Terr! appela la petite.

Le petit om ne répondit pas à cet appel.

— Il se cache, ce petit gredin, dit Praw. Terr, veux-tu venir! Terr, un sucre!

— Terr, viens chercher un sucre!

La mère draag revint dans la salle.

— Que se passe-t-il, dit-elle. Vous en faites un vacarme. Ce n'est plus le moment de jouer avec cet om. Je t'avais dit de t'instruire, Tiwa!

— Elle ne peut pas, gémit Praw, les écouteurs ont disparu ! Terr a disparu aussi !

— Mais non, dit Wami, je viens de le voir dans le couloir.

— Terr !

Ils se précipitèrent tous les trois dans le couloir.

— Où était-il ?

— Là, sur ce siège.

— Bon sang, jura Praw.

Il tendit un doigt vers le siège.

— Pourquoi gesticules-tu comme ça ?

— Les écouteurs ! dit Praw.

— Eh bien ?

— L'om pouvait très bien atteindre les écouteurs en montant sur ce siège. Je parie qu'il s'amuse avec en ce moment. S'il les casse… !

Il alla vers l'omerie dont la porte était restée grande ouverte. La petite pièce était vide.

— Où est-il passé, ce petit démon ?

Tiwa éclata en sanglots à l'idée d'avoir perdu son om.

— Au lieu de pleurer, dit sa mère, tu ferais mieux de mettre ton bracelet, c'est le seul moyen de le retrouver. Tu ne l'as pas perdu au moins ?

— Je… Je l'ai laissé dans la poche de ma tunique, hoqueta Tiwa.

— Eh bien, fais vite !

La petite draag courut à la salle de nature, fouilla sa tunique et passa son bracelet. Elle y pressa un bouton. Elle leva une tête malheureuse.

— Eh bien ? répéta le père draag.

— Il doit être déjà loin, pleurnicha Tiwa, le bracelet me tire un peu par là, mais pas beaucoup.

Elle désignait l'entrée de la maison. La porte était entrebâillée.

— Il est sorti ! Je m'en doutais, dit Praw Tire sur la laisse, Tiwa.

— Oh ! non, dit Tiwa, si je tire trop fort, il va se cogner sur quelque chose. Il peut se faire très mal.

Agacé, le père draag lui prit le bracelet et pressa le bouton au maximum pour attirer à lui le plus fort possible le collier de Terr.

4

Terr courait. Il avait déjà franchi une dizaine de terre-pleins et avait dévalé un plan incliné à toute vitesse lorsqu'il se sentit brusquement étranglé par son collier. Il lâcha les écouteurs et porta les mains à son cou.

Tiré par une force invisible, il fit trois pas en arrière et se retourna pour subir la traction sur la nuque et non sur la gorge. Il fit encore quelques pas malgré lui et se cramponna de toutes ses forces à une barre métallique dépassant du parapet.

À cet instant, il sentit une main dure se poser sur son épaule. Il faillit crier de rage et tourna vers l'intrus un visage congestionné par l'effort. Un grand om à barbe noire était derrière lui et lui disait :

— C' que t'es ballot !

— Aide-moi, suffoqua Terr.

En ricanant, l'inconnu pressa le bouton du collier. Celui-ci s'élargit assez pour laisser passer la tête du petit om. L'om barbu ricana encore, brandit le collier qui paraissait vouloir s'envoler et le lâcha d'un seul coup. L'objet fila dans les airs, rebondit sur un terre-plein et disparut à leurs yeux.

— Faudrait qu'ils le prennent en pleine fente nasale ! s'exclama le barbu. Ça les retarderait un peu !

Il poussa Terr par les épaules.

— Filons vite !

Le petit om suivit d'abord son nouvel allié qui détalait à toutes jambes, puis il s'arrêta net et revint sur ses pas.

— T'es fou ! hurla son sauveur.

Sans répondre, Terr ramassa les écouteurs qu'il allait oublier, les posa sur son épaule et, plié sous leur poids, rattrapa son compagnon qui avait charitablement ralenti.

— Jette ça, conseilla le grand om, sans perdre une foulée.

— Non, j'en ai besoin, haleta Terr.

— C'est bien ce que j' disais, t'es fou. Allez donne.

Il arracha les écouteurs au petit garçon et les hissa sur ses propres épaules.

— Je suis plus fort que toi !

— Où allons-nous ?

— T'occupe pas !

Une voix lointaine cria :

— Terr ! Viens chercher un sucre !

Mais Terr n'entendait pas. Ses oreilles bourdonnaient. Il chancela et s'abattit sans connaissance, épuisé par un effort auquel sa vie d'animal de luxe ne l'avait pas habitué.

Son compagnon s'arrêta, parut chercher, avisa un coin d'ombre sous un palier de ciment et y cacha les écouteurs. Puis, se baissant, il ramassa le garçon inanimé et obliqua prudemment hors de la petite agglomération.

Il se coula dans un fossé environné de hautes herbes et, marchant à couvert pendant une bonne demi-heure, atteignit un terrain vague où achevaient de rouiller et de se disloquer une grande quantité de sphères hors d'usage.

Il déposa Terr sur le sol et le gifla sans aucune douceur. À la troisième gifle, le jeune garçon hoqueta et reprit ses sens. Il ouvrit la bouche et respira bruyamment.

— Ça va mieux ? s'enquit le barbu.

— Oui... Bonheur sur toi...

— Je m'appelle Brave.

— Bonheur sur toi, Brave... je, mais qui es-tu ?

— Un om !

— Je veux dire... tu sais parler !

— Toi aussi, petit.

— Je croyais être une exception. Je croyais être le seul om à savoir parler.

Brave se peigna la barbe avec les doigts.

— Tu n'es pas le seul, mais c'est rare. Et en général, un om qui sait parler ne peut souffrir la servitude.

Terr s'étonna :

— Il y a des mots que tu dis... je ne les comprends pas. Que veut dire servitude ?

— Je t'expliquerai. Tes maîtres savent-ils que tu parles ?

— Non... c'est-à-dire qu'ils commençaient à s'en douter. Moi, j'ai appris comme ça, à force de les entendre. Et puis j'entendais les leçons de Tiwa.

— Qui est Tiwa ?

— Ma petite maîtresse. Alors, je savais parler, mais eux continuaient à m'adresser la parole comme à un... comme à un chien. Tu as déjà vu des chiens ? C'est drôle, hein, c'est encore plus petit qu'un om ! C'est gentil !... Que disais-je ?... Oui, alors je n'osais pas parler autrement que pour dire : sucre – moi content – faim... Et puis aujourd'hui, ils m'ont entendu parler normalement. Et ils faisaient des yeux terribles, et ils n'avaient pas l'air content. Ça m'a un peu effrayé, pas trop !...

— Et alors ?

— Alors, je me suis dit : je ne leur montrerai plus que je sais parler, ils pourraient me fouetter comme lorsque j'ai volé du sucre à la cuisine.

— Et tu es parti ?

— Non, pas tout de suite... Il faut que je t'explique qu'il y a une chose merveilleuse, une chose que j'aime par-dessus tout : les écouteurs d'instruction. Ils montrent des images, ils disent des choses. Et quand on sait ces choses-là, on se sent... comment dire... plus fort. Oui, c'est ça, plus fort !

— Alors, tu les as volés !

— Quoi ?

— Les écouteurs !

— Ah ! oui, j'avais l'impression qu'ils ne voulaient plus que je continue à les écouter quand Tiwa s'instruisait, alors pour moi, c'était terrible... Oui, je les ai volés.

Il se dressa d'un seul coup, le visage tout rouge.

— Où sont-ils ? Tu les as perdus ?

— J' les ai cachés, dit Brave. Nous les retrouverons.

Terr eut l'air très ennuyé.

— Tu es sûr ?

— Oui, pour te faire plaisir. Parce que, pour moi, les écouteurs, c'est des sales trucs de draags, je trouve que ça sert à rien. Mais j'irai te les chercher. N'aie pas peur !

Brave se peigna encore la barbe et poursuivit :

— Alors, comme ça, tu es parti sans savoir où tu allais, comment t'allais vivre, manger, boire ?

Terr prit un air penaud.

— Je n'ai pas pensé à tout ça !

— Ouais. Eh bien ! je vais te dire. T'as eu de la chance de tomber sur moi.

— Que dis-tu ?

Brave le singea en prenant une petite voix :

— Que dis-tu, que dis-tu ? Va donc, eh, om de luxe ! T'as tout à apprendre ; des choses que les écouteurs ne disent pas !

Terr se gratta l'oreille :

— Quelquefois, je ne te comprends pas.

— Je sais, je sais. Bon, maintenant tu vas venir avec moi. Sans moi, t'es fichu. Et tu vas m'obéir. J' suis le chef de la bande.

— La bande ?

— Ouais, la bande du Gros Arbre.

— Oh !

— Quoi, oh ?

— Ce qui m'ennuie au fond, c'est que... j'ai peur que Tiwa soit malheureuse de m'avoir perdu.

Brave frappa ses mains avec impatience.

— Petit gars, tu dis des bêtises. Quand tu auras

passé un peu de temps parmi nous, tu change-
ras de sentiments pour ta Tiwa, crois-moi. Allez,
tu n'es plus fatigué maintenant. En route, nous
avons une longue marche devant nous. La nuit
tombe.

5

Ils marchèrent en effet fort longtemps dans la nuit. Si longtemps qu'à son réveil, Terr ne se rappela pas quand il s'était endormi.

Il se retrouva couché dans une espèce de nid fixé par des étais de bois entre les fourches d'un arbre. Partout, autour de lui, des rameaux se froissaient doucement sous la brise et laissaient passer d'ondoyantes taches de lumière venue du ciel étoilé.

Habituée aux coussins, sa peau fragile était irritée par les mille piqûres des brins d'herbes sèches constituant sa couche. Il se leva sur un coude en se grattant furieusement les jambes de son bras libre et appela doucement :

— Brave !

Quelque chose bougea sous lui ; il baissa des yeux déjà habitués à l'obscurité et vit un om qu'il ne connaissait pas. Un vieil om à barbe et à cheveux blancs.

— Brave n'est pas là, dit le vieux, il est reparti chez les draags. Tu lui as fait perdre du temps, petit. Mais il était tout heureux de t'avoir sauvé.

— Qui es-tu, vieil om ? demanda Terr.

Le vieillard lui fit signe de descendre. Terr, tremblant de vertige, s'aida des fissures et des nœuds du bois pour se laisser glisser jusqu'au vieux. Il se retrouva à ses côtés dans un nid un peu plus spacieux.

— Qui es-tu ? répéta-t-il.

— Mon maître m'appelait Fidèle. Et vraiment, je méritais mon nom. Mon maître était un bon draag et il était impossible de ne pas l'aimer. Mais un jour, il est parti pour un long voyage et m'a confié à des voisins qui me battaient et ne me donnaient pas à manger. Alors, j'ai profité de la première occasion pour m'enfuir. Il y a de cela bien longtemps. Et toi, petit, comment t'appelles-tu ?

— **Je** m'appelle Terr.

— Ça ne veut rien dire…

— C'est plus vite dit que Terrible.

Le vieillard eut un mince sourire :

— Terrible ! Voyez-vous ça !

Il toucha les bras du jeune garçon et ajouta :

— Tu n'es pas trop mal bâti, mais tu as besoin de te faire des muscles. Quel âge as-tu ?

— Tiwa, ma maîtresse, dit que j'ai cent jours… Pourquoi portes-tu un collier, Fidèle ? N'es-tu pas un om sauvage ?

— Tous les oms, même sauvages, portent un collier. N'as-tu pas remarqué celui de Brave ?

— Non. Il a trop de barbe et de cheveux. Je n'ai pas remarqué.

— Ce sont de faux colliers, dit Fidèle. Si un om était trouvé sans collier, on le reprendrait. À moi-même, quand j'étais plus jeune, il est arrivé de me faire prendre par un garde. Quand il a vu mon collier, il a dit : « Cet om doit appartenir à quelqu'un du voisinage. » Et il m'a relâché. Nous te donnerons un faux collier.

Terr resta un instant songeur.

— J'ai très faim, dit-il, au bout d'un moment de silence. N'as-tu pas une pâtée à me donner ?

Le vieux dressa un doigt en l'air.

— Au-dessus de ton nid, tu trouveras un godet de sève.

— De sève ?

— Oui, Brave a entaillé le bois de l'arbre. La sève coule dans un godet à ton intention. Tu verras, cela ressemble au sucre. Tu n'auras plus faim ni soif.

Le petit om frémit à l'idée de se livrer encore à des acrobaties dangereuses. Mais, poussé par la faim, il escalada les branches et trouva le godet placé au-dessus de son nid.

Il y but un liquide épais et tiède, avec un très vague goût sucré. Cette grossière nourriture ne lui plut pas, mais il en prit assez pour se sentir moins faible et redescendit tenir compagnie au vieux Fidèle.

— Ça va mieux, petit ? demanda le vieillard.

— Oui, mais je n'aime pas beaucoup ça.

— Tu t'y feras. Et puis nous avons quand même autre chose.

— Où sont les autres oms sauvages ?

— Justement, ils sont tous en chasse pour ramener tout ce qui peut nous être utile. En général, ils le volent aux draags.

Une idée trotta par la tête de Terr.

— Volent-ils des écouteurs d'instruction ?

Le vieux ricana :

— Non. Pour quoi faire ?

Terr éluda la question.

— Moi, j'en ai volé.

— Ah ?

— Oui. J'aime bien m'instruire. Ça me rend plus fort.

— Et tu es instruit ?

— Un peu, je sais lire. Je comprends aussi beaucoup de choses parce que j'écoutais Tiwa pendant ses heures d'étude.

— Crois-moi, petit, l'instruction des draags est peut-être amusante, mais elle n'est d'aucune utilité aux oms. Ce qui te serait très utile, par contre, c'est de savoir courir vite, grimper aux arbres, voler sans te faire prendre…

Des bruits de voix et des froissements de feuillage se firent entendre au pied de l'arbre. Bientôt, on vit plusieurs silhouettes escalader les branches en contrebas. Jusqu'au moment où le visage de Brave apparut à la hauteur du nid.

— Tiens, dit celui-ci, l'om de luxe est réveillé.

Il montra les écouteurs posés à cheval sur son épaule et ajouta :

— Regarde ce que je t'apporte, om de luxe.

— Oh ! dit Terr tout heureux, bonheur sur toi, Brave !

D'autres oms apparurent ; l'un d'eux, noir et crépu, riait souvent en montrant ses dents blanches et répondait au nom de Charbon. Quelques femelles faisaient partie de la bande, ainsi que quelques enfants presque aussi jeunes que Terr. Ils étaient tous musclés par leur vie rude et portaient en se jouant de lourdes boîtes de conserve, des fruits géants, des rouleaux de fils métalliques et divers objets ravis aux draags.

Ils s'assemblèrent autour de Terr avec une bienveillante curiosité.

— Quel âge t'as ? lui lança un jeune garçon.

— Cent jours, répondit Terr tout intimidé.

— Cent ? Qu'est-ce que ça veut dire ? Moi j'ai deux fois dix mains de mains de jours, plus deux, repartit le jeune garçon en rejetant fièrement ses longs cheveux en arrière. Fais voir si t'es costaud.

Joignant le geste à la parole, il donna une poussée à Terr et faillit le faire tomber du nid. Brave s'interposa et envoya une taloche dans la figure de l'agresseur.

— Du calme, Vaillant, Terr n'est pas encore habitué à la vie que nous menons.

— Tu as surveillé le bébé, Fidèle ? s'enquit une ome aux formes sculpturales.

— Oui, fillette, ton bébé n'a besoin de rien.

— Je vais monter voir, dit l'ome en sautant de branche en branche vers le sommet de l'arbre.

Elle croisa Brave qui était monté poser les écouteurs dans le nid réservé à Terr. Brave se laissa tomber à cheval sur une branche toute proche. Il leva le bras et dit :

— Écoutez, vous tous. J' veux que tout le monde soit très gentil avec Terr. Pendant quelque temps, il se contentera de rester dans l'arbre et de ranger tout ce que nous rapportons, aidé de Fidèle. Il faut que cet om de luxe s'habitue à l'effort et se fasse des muscles. Après, j' veillerai à son éducation.

Il se tourna vers Terr :

— Quant à toi, comme je t'ai déjà dit, tu m'obéiras au doigt et à l'œil. Je t'ai rapporté tes écouteurs pour te faire plaisir, mais t'auras le droit de t'amuser avec qu'après avoir fait ton travail. Compris ?

— Oui, dit Terr d'une toute petite voix.

Il se sentait tout triste, regrettait Tiwa et la salle de nature. Il avait un peu froid, se sentait alourdi par la sève à laquelle il n'était pas habitué. Bref, plus malheureux que jamais, il souhaitait se trouver enfermé dans une omerie confortable, loin de toutes ces brutes bienveillantes.

— Viens avec moi, dit Brave.

Docile, Terr le suivit, escalada des branches, passa les endroits difficiles en tirant sur de souples rameaux comme sur des cordes et parvint à une branche énorme. Il vit Brave disparaître dans un trou de cette branche et s'engagea à sa suite dans une espèce de caverne grossièrement taillée à même le bois.

— Je ne vois rien, il fait noir, dit Terr.

— Attends un peu, fit la voix de Brave.

Terr entendit un gémissement d'effort et la caverne s'éclaira d'un seul coup. Brave désignait fièrement une énorme pierre posée sur une tige de métal.

— Mais c'est…, hasarda Terr.

— Oui, dit Brave, c'est une lampe de draag ; les autres ne sont pas assez forts. Tu vois, je pose cette grosse pierre sur le bouton. Pour éteindre, j'enlève la pierre.

Terr jeta les yeux autour de lui. Il était dans un vaste magasin de bric-à-brac. Des piles de boîtes de toutes tailles s'alignaient en vrac sur le sol.

— Voilà, dit Brave. Tu vas ranger tout ça. Tu mettras les boîtes avec les boîtes, les rouleaux de fil avec les rouleaux de fil. Tu feras de même pour le reste.

— Mais, dit Terr en désignant une pile de boîtes, dois-je ranger celles qui sont déjà empilées ?

Brave le regarda comme s'il avait affaire à un imbécile total.

— Tu ne vois pas qu'elles sont déjà rangées ?

— Oh ! non, dit Terr ; tu as mis des boîtes d'aliments avec des boîtes de médicaments. Il y a même là une boîte de poudre pour soigner des membranes de draags.

Brave resta un moment silencieux.

— Toutes ces boîtes ont la même forme, dit-il enfin. Comment devines-tu ce qu'il y a dedans ?

— C'est marqué dessus… Là, ces petits signes, c'est fait pour lire.

Brave se peigna la barbe d'un geste qui lui était familier. Il murmura :

— Alors, lire, ça veut dire deviner ce qu'il y a dans les boîtes avec les signes qui sont là ? J'avais jamais bien compris ce que ça voulait dire : lire… Eh bien, si c'est comme ça, fais à ton idée. Ça nous évitera de passer des heures d'efforts à ouvrir des boîtes qui ne servent à rien.

— Bon !

Avant de sortir, Brave hésita :

— Dis-moi, petit… C'est avec les écouteurs d'instruction qu'on apprend à lire ?

— Bien sûr.

Brave s'en alla en se grattant la tête.

6

Au bout de quelques jours, Terr fut parfaitement rompu à toutes les gymnastiques exigées par sa nouvelle vie arboricole.

Il avait un peu grandi, et ses muscles étaient plus nets sous sa peau bronzée. De plus en plus souvent, Brave l'emmenait courir dans les jardins d'alentour, lui enseignait à se cacher, à ramper sans être vu des draags, à voler des fruits et des légumes plus gros que lui.

Un jour, il lui donna un collier destiné à travestir sa situation irrégulière et l'emmena jusqu'à la ville.

— N'oublie pas, lui dit-il, qu'il ne faut jamais montrer à un draag que tu sais parler. Cela te permettra, entre autres choses, de pouvoir jouer les imbéciles si on te pose des questions sur tes maîtres ou sur les raisons pour lesquelles tu te trouves ici ou là. Pour le reste, j' t'ai appris assez de combines pour pouvoir t'en tirer tout seul.

Ils marchaient l'un derrière l'autre dans un fossé herbeux.

— Qu'allons-nous faire exactement ? demanda Terr.

Brave eut un petit rire de plaisir anticipé.

— Je t'ai emmené parce que tu sais lire, dit-il. Nous allons voler. Tu liras ce qu'il y a dans les boîtes, comme ça je me donnerai pas de peine pour rien en volant des choses inutiles. Est-ce que tu sais nager ?

— Oui, pourquoi ?

— Tu verras bien. Maintenant, tais-toi. Nous allons continuer en silence.

Ils s'engagèrent dans un tuyau qui se perdait dans les profondeurs d'un mur de béton. Terr marchait à l'aise, mais devant lui, la grande silhouette de Brave était pliée en deux.

Ils bifurquèrent plusieurs fois dans l'ombre de plus en plus épaisse. Craignant de se perdre dans ce labyrinthe, Terr restait collé à son guide. Au bout d'un moment, ce dernier s'arrêta et lui dit à l'oreille :

— Maintenant, ça va monter. Tu grimperas facilement en t'aidant du dos et des genoux. Laisse-moi un tout petit peu d'avance pour ne pas me gêner.

Suant et soufflant, ils se hissèrent lentement dans un tube montant à la verticale. Bientôt, une lueur de jour se précisa au-dessus d'eux. Elle venait d'une petite grille obstruant l'entrée du conduit.

Les genoux et les reins bien calés contre les parois, Brave souleva doucement la grille et passa la tête au-dehors. Rassuré par son observation, il émergea du tuyau et tendit la main à Terr pour l'aider à sortir.

Ils se trouvèrent dans une salle immense où des échafaudages métalliques soutenaient des machines qui ronronnaient tranquillement, sans aucune surveillance. Des roues géantes, des cames et des engrenages dansaient un ballet compliqué dans tous les angles de la salle.

L'attention de Terr fut attirée par des files de boîtes cylindriques avançant par saccades sur des glissières parallèles. Ces glissières se perdaient dans un tunnel obscur que Brave désigna du doigt.

— Il faut passer par là, dit-il en entraînant son jeune compagnon.

Ils grimpèrent par des croisillons métalliques et se hissèrent chacun sur une boîte. Secoué à chaque pulsation de la file, Terr se cramponna comme sur le toit d'un wagon en marche, tandis que Brave prenait de l'avance en sautant de boîte en boîte pour aller plus vite. Par orgueil, Terr se mit debout et le suivit aussi rapidement que possible, guidé dans l'ombre par de vagues reflets argentant les couvercles où il posait les pieds.

Ils parvinrent à une seconde salle où d'autres machines saisissaient les boîtes l'une après l'autre, les roulaient, les frappaient de divers caractères draags et les relâchaient dans un second tunnel.

Imitant son guide, Terr sauta à terre avant de se faire happer par les machines et courut au second tunnel.

La troisième salle était beaucoup plus grande que les autres. Le bruit y était supportable. Guidées par des glissières mobiles se décalant d'un cran par seconde, les boîtes s'empilaient le long des murs en colonnades bariolées.

— Voilà, dit Brave. Tu sais lire. Tu vas me dire quelles boîtes il faut prendre.

Terr lut des inscriptions qui ne lui apprirent pas grand-chose de bon.

Il s'approcha d'une pile de boîtes et lut :

RECONSTITUANT MX

Extrait de foies de jeunes mammifères
associé à microéléments 1 et 2 ;
présenté sous forme de dragées.

— Celui-là est bon, affirma-t-il.

— Bien, dit Brave. Nous allons en voler dix boîtes.

Terr regarda avec appréhension les boîtes aussi grandes que lui.

— Comment pourrons-nous emporter tout ça ? dit-il. Ce n'est pas possible.

— J'vais t'expliquer. Viens près de cette fenêtre.

Terr s'approcha docilement. Brave lui montra en contrebas un fort courant d'eaux sales recrachées par l'usine.

— Nous allons faire tomber les boîtes dans l'eau. Elles flotteront et seront poussées par le courant très loin d'ici. Je sais où. Il n'y aura plus qu'à aller les chercher avec les autres oms.

— Mais alors, s'exclama Terr, pourquoi seulement dix boîtes ?

— Parce que ça se verrait ! Ils se méfieraient et feraient surveiller l'usine. Nous ne pourrions plus revenir sans nous faire prendre. Tandis qu'avec dix boîtes de temps en temps, ils ne s'aperçoivent de rien ; tu comprends ? Allez, couche-les par terre une par une et roule-les jusqu'à moi, c'est pas difficile. Moi, j' vais les soulever pour les passer par-dessus le bord de la fenêtre.

Terr saisit une première boîte à pleins bras et tira de toutes ses forces, il réussit à la faire basculer et d'une poussée, l'envoya rouler près de Brave. Celui-ci se baissa, crispa les doigts sous la boîte et la remonta le long du mur avec un gémissement d'effort. Il la hissa sur le bord de la fenêtre et l'envoya dans le vide.

Pendant ce temps, Terr lui envoyait une deuxième boîte et se retournait déjà pour en saisir une autre lorsqu'il fut glacé sur place par la voix d'un draag.

— Je vous y prends, bande de voyous !

— Saute, s'exclama Brave, saute par la fenêtre !

Figé, Terr vit arriver sur lui l'immense stature du draag en colère. Alors que la main du géant s'inclinait vers le sol, le petit om bondit et courut à la fenêtre. Brave le saisit sous les aisselles et l'envoya dans la rigole qui coulait un demi-stade plus bas.

Terr plongea dans l'eau sale, refit surface et, entraîné à toute vitesse, tourna la tête pour voir Brave tomber à son tour. Il nagea de toutes ses forces dans le sens du courant, mais fut bientôt rattrapé par son compagnon.

— Je croyais qu'il allait te prendre, dit Terr.

— Il m'a pris, sourit Brave dans sa barbe humide, il m'a pris par les cheveux, mais je l'ai mordu et il a tout lâché.

7

À l'entrée du parc où nichaient les oms libres, on distinguait un rectangle de clarté dans la nuit.

Terr en fut intrigué. Brave eut beau lui démontrer que ce rectangle était un écriteau à l'usage des draags, et que les affaires des draags n'intéressaient pas les oms, le jeune garçon laissa son compagnon rentrer seul et alla prudemment rôder du côté de l'entrée normale des draags.

Il ne fut pas long à comprendre. L'écriteau disait :

« Parc fermé demain — Désomisation ».

Terr courut à perdre haleine parmi les ombres du parc. Quand il arriva au bas de l'arbre, il dut rester un moment à reprendre haleine avant de grimper.

Enfin, il crispa ses ongles dans les rides de l'écorce et s'éleva parmi les branches.

Quand il déboucha à hauteur du camp, il trouva ses compagnons hilares en train de festoyer au clair des étoiles.

— Eh bien, Terr, demanda Brave, le prix du ticket d'entrée a augmenté ?

Tous éclatèrent de rire. Mais Terr resta immobile, les bras ballants.

— Le parc sera fermé demain, dit-il simplement.

— Quelle horrible nouvelle! glapit Vaillant parmi de nouveaux rires.

Mais Terr ne bougea pas. Il ajouta :

— Fermé pour désomisation.

Les rires s'éteignirent. On fit taire trois bambins qui gazouillaient dans leurs nids.

— Qu'est-ce que tu dis? s'informa Brave, désimon…

— Désomisation, répéta Terr. Ça veut dire qu'ils vont essayer de supprimer tous les oms du parc.

Il posa la main sur le bras velu du chef.

— Brave, tu m'as dit un jour que deux autres tribus d'oms libres vivaient dans le parc. Il faut absolument les avertir.

Brave se mit debout sur sa branche et cracha dans le vide.

— T'es fou! Belle occasion d'en être débarrassés! La bande du Buisson Rouge a le meilleur coin du parc. Nous prendrons sa place une fois l'alerte passée. Quant aux autres, c'est que des vagabonds même pas organisés, des idiots. C'est à cause d'eux que les draags vont dis… disomer.

— Comment font-ils? demanda Charbon l'air inquiet, ils posent des pièges ou quoi?

— Je ne sais pas.

— Moi non plus, je n'ai jamais vu ça. Je n'ai même jamais entendu ça : désomition. Tu es sûr que ça veut dire… ce que t'as dit?

— Absolument sûr, dit Terr. Le mieux est de s'en aller pour…

Brave lui donna une tape sur la tête :

— Tais-toi ! C'est moi qui commande ici.

Il regarda sa bande avec un certain air de majesté et dit :

— Voilà ! Nous allons d'abord dormir un peu pour prendre des forces. La nuit commence à peine et nous avons beaucoup de temps devant nous. Mais pour qu'on nous surprenne pas, nous allons poster des veilleurs. Y m'en faut une main.

Il leva sa main en l'air, les doigts écartés.

— Qui se sent assez reposé pour veiller ?

Plusieurs oms s'offrirent, dont Terr. Brave les compta en repliant un par un ses cinq doigts, et Terr fut compris dans son choix.

Brave fit rasseoir les autres et dit :

— Charbon veillera dans la sente du lac, à une main de double main de pas de l'arbre. Vaillant s'installera aux graviers, près du ruisseau. Terr, tu resteras à la fourche du Buisson Rouge. Vous deux, aux deux bouts de la grande allée. Quant à moi, je reste dans l'arbre sans fermer l'œil. Allez ! Vous sifflerez si quelque chose ne va pas. Au moment du départ, je sifflerai pour vous rappeler au pied de l'arbre. Que les autres dorment !

Les veilleurs descendirent le long du tronc. Arrivé sur le sol, Terr quitta les autres et se dirigea vers la fourche du Buisson Rouge, là où la piste se divisait en deux pour mener d'une part à la grande entrée des draags, d'autre part au Buisson en escaladant des rocailles moussues.

Il grimpa sur une pile de deux ou trois pierres dominant la fourche et se tapit dans une faille du roc.

Prêtant l'oreille aux moindres soupirs de la brise dans les feuilles, les yeux dilatés dans le clair-obscur de la nuit, il resta longtemps immobile. Mais il était jeune et, bientôt, sa faction l'énerva.

Il sortit de sa cachette et gravit la piste du Buisson Rouge afin d'étendre son champ visuel. Il atteignit une petite terrasse herbeuse constituant un observatoire idéal. De là, son regard portait à plus de cent cinquante pas (Brave aurait dit à trois mains de double main, s'il avait été capable de compter jusque-là sans s'embrouiller).

Au bout d'un temps qui lui parut très long, il s'impatienta encore et tourna les yeux vers le sommet de la rocaille. Sa curiosité lui souffla de monter plus haut sous prétexte de voir plus loin.

Il obéit à son envie et se haussa parmi les plantes grimpantes.

Après quelques efforts, il prit pied sur le dos du tertre. Et là, mi-effrayé, mi-content, il put balayer du regard une partie du parc interdite à sa bande : le territoire du Buisson Rouge.

Aiguisant sa vue, il devina celui-ci, violet sous la lumière des étoiles, et tout hérissé de feuilles-dards. Alors, oubliant son appréhension et poussé par un sentiment vague et puissant à la fois, il dévala l'autre versant, courut quelques pas dans la prairie et hurla :

— Oh ! bande du Buisson Rouge ! Gare à vous, oms ! Demain, les draags vont désomiser le parc.

Il répéta son appel, se retourna pour fuir, et s'étala de tout son long, la tête pleine des échos douloureux d'un coup de gourdin.

Un grand om noir se pencha sur lui en ricanant,

le jeta comme une plume sur son épaule et courut vers le Buisson.

D'autres silhouettes vinrent à sa rencontre. Des questions se croisèrent.

— Qu'est-ce qu'il a dit ?

— C'est un de la bande de Brave ?

— J'ai rien compris.

— Qu'est-ce qu'on en fait ?

— Dis-le à la Vieille !

Terr eut vaguement conscience d'être porté de main en main. Il échoua brutalement sur un tas de foin. Une giclée d'eau en pleine figure rappela ses sens.

Il s'assit en secouant la tête et se vit au milieu de visages inconnus. Devant lui, une silhouette recroquevillée, Une vieille ome noire, aux membres secs, à la chevelure blanche et crépue, le considérait sans bienveillance. Une pluie de questions rauques s'abattit :

— Que faisais-tu sur not' territoire ?

— Je… venais vous avertir.

— De quoi ?

— De la désomisation de demain. Les draags…

— Tiens, tiens ! Et qui t'a dit de venir nous avertir ?

— Personne. C'était une idée personnelle.

— Une idée quoi ?

— Personnelle. Une idée à moi.

— Tu causes comme un draag, petit. Pourquoi que tu causes comme un draag ?

— On me l'a déjà dit. C'est parce que j'ai passé mon enfance chez les draags, et parce que je me suis un peu instruit.

— Ouais… Rigolez pas, vous autres, laissez-le s'expliquer un peu. Alors, comme ça, tu venais nous avertir que… quoi donc ?

— Les draags vont désomiser. Ils vont tuer tous les oms du parc, ou les faire prisonniers, je ne sais pas… C'est inscrit sur l'écriteau, à la porte du parc.

Un grand om aux cheveux rouges l'interrompit :

— L'écoute pas, Vieille, c'est un truc de la bande à Brave pour nous faire quitter le Buisson !

— Ferme-la, Rouquin, dit la vieille. Et toi, petit, comment sais-tu ce qu'il y a sur l'écriteau ?

— Je l'ai lu. J'ai appris à lire chez les draags, et ça rend toutes sortes de services.

La vieille se gratta les cheveux à deux mains puis, fatiguée de chercher un pou, fit signe à l'om noir qui avait assommé Terr.

— Gratte-moi, fils.

L'om noir lui étrilla vigoureusement la tête avec ses ongles.

— Ça va, ça va, dit la vieille. Et maintenant…

Elle attira son fils et lui dit quelque chose à l'oreille. L'om noir s'éloigna sous une voûte de branches entrecroisées.

— Maintenant que vous êtes au courant, risqua Terr, je voudrais bien retourner avec Brave. Je…

— La ferme ! dit l'ome.

Et comme il insistait, le rouquin lui envoya une gifle qui le fit rouler sur le tas de foin.

Furieux, Terr se releva lentement, l'œil mauvais. Et d'un seul coup, sans prévenir, il bondit sur son adversaire et lui envoya dans l'estomac un coup de tête qui le plia en deux.

Les autres s'en mêlèrent. Une pluie de coups abrégea sa victoire, il sentit sa main se nouer sur une gorge, ses dents crocher dans un bras et reperdit connaissance.

*

Quand il rouvrit les yeux, il se sentit ligoté. Des liens métalliques enserraient ses chevilles et ses poignets. Devant lui, la vieille ome se tordait de rire.

— Ben vrai! Ah! Ben vrai, tu m'en as amoché trois, petit! Hé, vous autres, ah, ah, le petit vous a donné du mal, pas vrai? C'est encore jeune, bien sûr, mais dans quelques jours, quand il aura grandi, ça fera un fameux gaillard!

Elle s'enroua dans une toux pénible, sa gorge siffla. Elle parut perdre la respiration et reprit enfin le contrôle d'elle-même, haletant et s'essuyant les yeux.

— Ouais, dit-elle plusieurs fois, ouais, ouais.

Puis se tournant vers son fils:

— Donne ça, toi.

L'om noir lui tendit un grand carré de papier bariolé. Elle le déplia devant Terr et cligna un œil.

— Voilà une étiquette, dit-elle. Si tu sais lire, dis-moi donc si ce qu'il y avait dans la boîte est bon à manger.

Terr se tut, il n'avait pas digéré sa correction. La vieille rit encore.

— Regardez-le, dit-elle, non, mais regardez-le! Ça boude, ça a mauvais caractère!

Puis soudain plus sérieuse:

— Écoute, petit. Tu me plais. J'aime bien les

gars comme toi, durs et tout. T'es jeune, mais tu promets, pour sûr! Alors voilà. J'aurais plutôt envie de te croire, pour la… désomation. Mais je veux être sûre, tu comprends, sûre que tu m'as pas raconté des blagues. Si tu me réponds juste pour cette étiquette, je te laisse filer… Compris? Alors, dis-moi si c'est bon à manger, ce que dit l'étiquette. Prouve un peu que tu sais lire.

— Ça ne se mange pas, jeta brusquement Terr, c'est de la pâte Irsaan, pour colorer les vêtements des draags! De la pâte verte!

La vieille jeta autour d'elle des regards ravis.

— Bravo, dit-elle. Déliez-le, vous autres.

De mauvaise grâce, les oms obéirent et Terr se trouva libre en un clin d'œil.

— T'en vas pas tout de suite, dit la vieille tandis que l'adolescent se massait les poignets.

Elle s'approcha et lui parla sous le nez :

— Je te laisse filer, petit gars, mais si je m'aperçois que j'ai eu tort, prends garde. Je te retrouverai toujours! Au contraire, si tu nous as pas raconté des blagues, tu pourras toujours me demander quelque chose si tu en as besoin.

— J'ai dit la vérité, déclara Terr.

— Tant mieux, petit, tant mieux. Maintenant, file… Pas par là, idiot! Guide-le, Rouquin.

Terr suivit l'om aux cheveux rouges dans un dédale d'allées couvertes où filtrait un jour d'église, et déboucha brusquement dans la prairie. Ils se quittèrent sans un mot.

Terr fit une centaine de pas vers la rocaille, puis il détala à toutes jambes, atteignit la butte et l'escalada en quelques minutes.

Arrivé à la fourche, il reprit sa faction et se demanda si sa bande avait entendu le bruit provoqué par son équipée.

Il sut bientôt qu'il n'en était rien. Deux silhouettes qu'il reconnut pour celles de Charbon et de Vaillant apparurent au détour de la piste. Pour les guider vers lui, Terr lança un faible coup de sifflet.

— Qu'est-ce que tu fais ? demanda Vaillant. T'as pas entendu le signal de Brave ? Tout l' monde t'attend au pied de l'arbre.

— Mais tu saignes du nez ? s'inquiéta Charbon. Qu'est-ce qui se passe ?

Terr mentit.

— Je me suis assommé en tombant dans la rocaille, dit-il. Je viens juste de me réveiller.

8

— Te voilà, toi ! dit Brave quand il les vit arriver.

— Il s'est assommé en tombant ! annonça Vaillant.

— Je commençais à m'inquiéter. T'as rien de cassé ?

Terr le rassura. Brave inspecta rapidement sa petite bande, une trentaine d'individus. La plupart des omes portaient des bébés. Les mâles étaient chargés de paquets hétéroclites. Le vieux Fidèle s'appuyait sur un bâton, il soufflait encore des fatigues de la descente.

Brave réfléchit. Sa raison rudimentaire lui dictait de fractionner sa bande en plusieurs groupes, plus mobiles et moins bruyants. Mais, craignant de perdre du monde en route, il écouta ses sentiments. Une fausse sécurité, une impression de force et de chaleur l'envahit, à considérer la tribu au complet. Il donna le signal du départ.

En file indienne, les oms suivirent la piste habituelle à leurs raids de pillards. Ils serpentèrent entre les palmes, franchirent à gué le ruisseau et sortirent du parc sans difficulté.

Ils piétinèrent ensuite à la queue leu leu dans la boue d'un fossé suivant la route. Des bruits de chute et des jurons éclatèrent çà et là, tandis que Brave criait « Silence » le plus discrètement possible.

Terr et Vaillant soutenaient le vieux Fidèle.

— Où allons-nous ? souffla Vaillant.

— J'ai l'impression que Brave veut nous installer dans le terrain vague, en attendant mieux. Il n'a rien dit ?

— Non. Mais je crois que tu as raison.

Le vieillard soufflait trop pour donner son avis. Il trébuchait lamentablement sur les moindres bosses de terrain et sa respiration ressemblait à une plainte.

Soudain, Brave ordonna de stopper. Des « chut » coururent dans la colonne. Chacun s'immobilisa. Terr et Vaillant aidèrent Fidèle à s'asseoir dans la boue.

— Silence ! souffla encore la voix impérative de Brave.

Sur la route, un pas approchait. Un pas lent et lourd de draag. Un draag circulant à pied était chose rare, mais cela se voyait quelquefois, sinon pourquoi les routes auraient-elles existé ! Les battements flasques fouettaient la chaussée en cadence, comme des coups de torchon mouillé. À mesure que le bruit s'amplifiait, on distinguait un certain décalage dans le rythme des pas.

— Deux draags ! murmura Terr.

— Quoi ? dit Vaillant.

Terr lui montra deux doigts... Déjà, on entendait le bourdonnement grave d'une conversation. Les bouches draags hachaient les mots, à leur façon saccadée, si difficile à reproduire par une gorge d'om. On distingua les deux silhouettes géantes arpentant pesamment la route. On vit la luminescence des yeux rouges dans la nuit. Des phrases prirent forme :

—… un peu fatigant, mais cet exercice nous rapproche de la nature.

— Oh! tu sais, notre nature serait plutôt de nager. Je me suis toujours demandé si le vieux Zarek avait eu raison de nous faire muter.

— Ne dis pas de sottises, nous avions atteint dans l'eau un degré d'évol…

— Bigre !

— Quoi ?

— Ça sent l'om sale à pleine fente !

Les pas s'arrêtèrent tout près. Une trentaine de cœurs rythmèrent des musiques de peur dans la poitrine des oms.

— Ça doit en être pourri par ici.

— De la vermine ! Les édiles devraient faire nettoyer tout ça. Avoir un om chez soi n'est pas une mauvaise chose : ça distrait. Mais tous ces oms sauvages, ça pille, c'est sale et ça se reproduit à une vitesse folle. Sans compter que ces bêtes sont malheureuses en liberté, pleines de poux et de maladies de peau !

— On s'en occupe.

— Pas assez. Il faudrait une désomisation générale.

Les deux draags se remirent en marche. Un bébé om choisit cet instant pour pleurer. Les pas s'arrêtèrent.

— Il y a un nid dans le fossé, dit un draag. Le bruit venait de par là.

— Voyons un peu.

Une lampe s'alluma, inonda le fossé, éblouissant les oms.

— Ça ! dit un draag. Viens voir un peu. Une vraie colonie !

— Liquidons-en quelques-uns avant que les autres ne s'enfuient. Saute à pieds joints dans le fossé.

Deux masses obscurcirent les étoiles et basculèrent vers les oms, tandis que la voix de Brave criait :

— Bataille ! Mordez-les aux jambes, mordez-les partout ! Bataille !

Deux chocs sourds ébranlèrent le sol, au milieu de hurlements de terreur.

— Piétine-moi tout ça, dit la voix d'un draag.

— Bataille !

Le phare rapide de la lampe balaya le visage gris du vieux Fidèle effondré aux côtés de Terr. L'adolescent eut le temps de voir le corps du vieux : une bouillie sanglante. La voix lourde des draags tomba des hauteurs :

— Ça mord ! Mais… canailles !

— Piétine, piétine !

Un pilonnement flasque nivelait le fond du fossé. Dans un rêve de frayeur et d'action, Terr bondit hors du trou, rencontra la main d'un draag s'appuyant au bord de la route. Il y mordit de toutes ses forces, se sentit emporté vers les étoiles. Une dure secousse ébranla ses mâchoires, tandis qu'il volait au loin, un lambeau de chair aux dents.

Il roula dans l'herbe, se demanda brusquement s'il rêvait tandis qu'autour de lui des silhouettes braillantes fonçaient vers le lieu du combat.

— Sautez dessus, mordez ! Allons, les oms !

Il reconnut la voix rauque de la Vieille du Buisson et reprit courage. Il courut en boitillant vers le fossé sanglant, se perdit dans un tumulte de violences, mordit encore il ne savait quoi d'énorme et de palpitant effondré en travers du talus, tandis qu'une course ébranlait la route, plus loin, toujours plus loin...

— Crève les tympans ! Mords ! L'autre se sauve !

— Allez, les oms !

Il s'acharna des crocs sur une surface molle, les oreilles emplies d'un bourdonnement de folie meurtrière. Il sentit enfin le silence s'établir, un silence d'une étrange teneur : de victoire et d'atterrement.

— Le draag est mort, dit une voix.

— L'autre a fui !

Les oms se dénombrèrent, se cherchèrent dans la nuit. Des noms étaient lancés :

— Brave ! Où est Brave ?

On le trouva enfoncé dans la boue, à peine reconnaissable. Une voix, celle de la Vieille, réclama le silence. Tous les yeux se tournèrent vers la silhouette nerveuse et cassée se dressant sur le talus.

— Oms du Gros Arbre, dit-elle, sans nous, vous y passiez tous. Brave est mort. On va former la même bande, tous ensemble. Mais j' sais pas si vous vous rendez compte qu'on a tué un draag. Faut filer en vitesse !

Des bébés braillaient. Une ome gémissait sur un petit cadavre.

— Silence, les femelles ! clama la Vieille. Moi aussi, j'ai perdu mon fils dans le coup. Mais ce qui est fait est fait. Ramassez vos morts et filons sans attendre, et au trot !

Peu après, elle traversa la route, suivie par une misérable troupe d'éclopés. Ils se perdirent dans la nuit.

Au bout d'une centaine de pas, Terr se retourna. Sur le champ de bataille, il vit la tête du draag vaincu renversée en arrière, face aux étoiles. Les deux yeux rouges perdaient peu à peu leur luminescence naturelle.

Terr rattrapa les siens en claquant des dents.

DEUXIÈME PARTIE

1

Le Premier Édile du continent A nord étira ses membranes. Il jeta un œil sur son cadran axillaire et souffla d'impatience. Quittant sa table, il fit les cent pas dans sa loge de travail. Il attendait quelqu'un.

Visite étrange. Que pouvait lui vouloir le Maître Sinh ? Il lui sembla se rappeler que celui-ci avait invoqué l'urgence pour obtenir ce rendez-vous.

Il avait à peine arpenté deux fois la pièce quand une voix sortit du diffuseur, annonçant l'éminent visiteur.

— Faites monter ! ordonna brièvement le Premier Édile.

Et il ouvrit la porte à l'avance pour honorer le Maître Sinh, grand savant naturaliste du continent.

Quand celui-ci apparut, l'Édile le salua respectueusement.

— Bonheur sur vous, Maître. Entrez dans ma loge et mettez-vous à l'aise.

— Bonheur sur vous, Premier Édile, je suis heureux de vous voir.

Après quelques politesses, les deux draags s'allongèrent face à face sur des matelas de confort.

— Vous aviez parlé d'urgence ? fit lentement le Premier tout en cachant soigneusement sa nervosité.

« Vieux fou, songeait-il, quelle idée compliquée a germé dans ta cervelle ? »

— En effet, émit la gorge enrouée du vieillard. Je n'irai pas par quatre chemins. Je demande des mesures immédiates contre les oms.

— Les oms ? s'étonna le Premier.

— Oui. La situation devient inquiétante. Rassurez-vous, je n'empiète pas sur vos attributions. Il ne me serait pas venu à l'idée de m'occuper des mesures nécessaires à l'hygiène du continent. Mais cela dépasse l'hygiène. Les oms constituent un danger, un danger qui s'affirme de jour en jour !

Il tira de sa tunique divers papiers et demanda :

— Combien, à votre avis, y a-t-il d'oms sur Ygam ?

Abasourdi, le Premier eut un geste évasif.

— Il m'est difficile de préciser, avoua-t-il. Le recensement de cette année donne environ dix millions pour le seul continent A nord.

Il coupa de la main une interruption du Maître en ajoutant :

— Bien sûr, il faut y ajouter environ un ou deux millions d'oms errants. Mais certainement pas plus. La désomisation urbaine stoppe leur invasion tous les deux ans.

— Sans être très précis, déclara le Maître, les chiffres que j'ai là dépassent de beaucoup ceux que vous venez d'énoncer, Premier Édile.

D'un geste d'excuse, il atténua la violence de sa contradiction avant de poursuivre :

— Les estimations de la Faculté approchent certainement la vérité de plus près, sans vous offenser.

Il eut un autre geste rassurant :

— Le Conseil Continental est parfait, mon cher Premier, parfait en tout point. Et les mesures qu'il prend sont effectuées avec une régularité digne d'éloges. Mais vos collaborateurs n'ont pas été amenés, comme nous, à étudier la question d'aussi près. Ce qui est tout à fait normal, d'ailleurs. Chacun son métier.

Il toussa un peu, gêné de la brutalité de sa franchise, et dit :

— J'ai parlé de métier. Le nôtre nous a conduits à recenser les oms errants par des méthodes nouvelles, basées sur le nombre de pistes et sur la fréquence des pillages.

Le Premier rit.

— Pillage est un bien grand mot ! protesta-t-il. Quelques menus larcins !

— Ne riez pas. Le nombre d'oms sans collier approche de trente millions, sur notre continent. J'ai pris contact avec mes confrères des autres continents. Ils ont utilisé la même méthode. Une simple addition nous donne un total de cent cinquante millions plus trente-cinq millions régulièrement déclarés par leurs maîtres. Il y a donc près de deux cents millions d'oms sur notre planète.

Les deux draags gardèrent un instant le silence. Le Premier reprit la parole au bout d'un instant.

— J'avoue que vous me confondez. Mais comme

je n'aurais garde de douter de vos affirmations savantes, nous allons agir. Pensez-vous que dix désomisations par an soient suffisantes pour enrayer l'invasion ? Je peux aussi durcir la réglementation des élevages de luxe. Qu'en pensez-vous ?

Le vieux draag secoua la tête.

— Pas suffisant, dit-il. Il n'y a pas qu'un problème de multiplication des oms, mais un autre, celui de leur évolution. Et le deuxième est plus préoccupant que le premier.

— Leur… évolution ? Expliquez-vous, Maître.

Le savant se redressa sur son matelas de confort et fit claquer ses membranes avec détermination.

— Je vais être obligé de vous faire un cours, s'excusa-t-il. Oh ! tranquillisez-vous, je n'entrerai pas dans les détails. Vous savez que les oms ont été acclimatés sur Ygam par nos ancêtres du Deuxième Âge ?

— Certes, ils les ont ramenés de la Terre.

— Leur planète d'origine ! C'est cela même… Eh bien ! savez-vous quelle forme d'organisation avaient les oms, chez eux ?

Le premier s'étonna.

— Organisation, dites-vous ? Mais ce sont des animaux ! Ils erraient par familles, je suppose, ou bien en troupeaux sauvages !

— Pas du tout ! Ils vivaient dans de vastes agglomérations de terriers cimentés, où chacun avait sa place. Ils constituaient des sociétés d'environ un million d'individus. Une hiérarchisation étroite y maintenait une discipline sans défaut, automatique. On y choyait les reproductrices, dont le seul travail était d'enfanter. À sa naissance, chaque bébé subissait une sélection qui le destinait à la reproduction, au travail ou au combat. Ils avaient un langage rudimentaire.

— Un langage !

— Parfaitement. Oh ! juste quelques vocables servant à des ordres précis, toujours les mêmes ! La rigidité de leur organisation les dispensait de perfectionner leurs moyens d'expression. Je pense à un exemple intéressant, un cri d'alerte : four-mi !

— Four-mi ? Qu'est-ce que…

— Un cri d'alerte, vous dis-je. Et il est intéressant parce qu'il indiquait l'approche de leur ennemi traditionnel : un insecte géant organisé d'une manière similaire et vivant, lui aussi, dans des cités rudimentaires. Mais passons… Avez-vous entendu parler de la théorie de Spraw ?

— Ma foi, non !

— Spraw était un savant du dernier lustre. Il prétendait que les oms avaient connu autrefois une civilisation plus brillante, analogue à la nôtre, mais qu'il fallait voir dans sa perfection même la raison d'une sclérose progressive, d'une fixation du mode de vie. Étroitement emprisonnés dans leurs lois et leurs règlements, les oms n'auraient plus éprouvé le besoin de penser. L'instinct aurait pris la relève de leur intelligence. Pourquoi réfléchir quand on mène une vie parfaite où chacun sait d'avance ce qu'il doit faire ? L'intelligence des oms se serait, comment dirais-je, atrophiée progressivement, comme un organe inutile. Il y aurait eu légère régression du niveau de vie, puis fixation. Ainsi se seraient arrêtés les progrès de leur civilisation.

Le Premier Édile ouvrit la bouche pour dire quelque chose, puis il y renonça, faisant simplement signe à son hôte de poursuivre.

— Ce n'était qu'une théorie, dit le Maître. Depuis quelques jours, nous savons que Spraw avait raison. Une mission archéologique a découvert sur la Terre une ville d'oms. Pas une cité primitive de terriers, comprenez-vous ? Une ville ! Et mille indices nous affirment, que cette ville fut l'œuvre d'oms civilisés ! On l'a trouvée par miracle sous les boues littorales d'un océan. Le résultat des fouilles nous étonne un peu plus tous les jours. C'est un événement considérable.

De ses poings fermés, le Premier Édile se frotta vigoureusement les tympans.

— Je vois où vous voulez en venir, devina-t-il. Vous craignez que les oms errants ne reconstituent leur ancienne civilisation, avec tous les dangers que cette éventualité créerait pour la nôtre. Cela me paraît…

— Excessif ? coupa le savant. Écoutez bien, mon cher Premier. Chacun sait que l'om est un animal intelligent. Ce qui est grave, c'est qu'il le devient de plus en plus. Certains oms parlent. Non pas seulement quelques mots ! Ils forment des phrases ! L'om savant est devenu une attraction fréquente dans les spectacles, à tel point que la foule s'en désintéresse. C'est un numéro sans aucune originalité. Or, au dernier lustre, alors que j'étais enfant, cette attraction n'existait pas ! J'ai ici…

Il fouilla dans ses papiers.

— J'ai apporté des relevés de statistiques. Dans

la seule ville de Torm, il a été déclaré à la police par des propriétaires…

Il lut :

— Au mois du Lion 713 : cent trois pertes d'oms. Au mois de l'Oiseau : cent quarante-cinq pertes. Mois du Poisson : deux cent dix. Ensuite, de mois en mois, nous avons successivement : deux cent vingt-sept, trois cent deux, sept cent vingt et un, bond fantastique ! Pour arriver au mois dernier avec (tenez-vous bien) mille deux cent trente-six déclarations de perte ! On devrait dire déclarations de fugue. Dans chaque cas, l'om en question se montrait particulièrement intelligent. Dans un cas sur trois, la fugue volontaire est prouvée.

Il parla encore longtemps, donna d'autres chiffres, s'appuya sur des faits et conclut :

— Voilà ce que nous avons provoqué ! Nous avons… détribalisé l'om, nous l'avons rendu à son individualité. Il y a certes perdu les trois quarts de ses instincts sociaux tyranniques, mais non son instinct grégaire. Et il retrouve en plus son intelligence, son goût de la liberté ; peut-être demain son goût de la conquête. Nous l'avons sorti de l'impasse de l'instinct pour le replacer sur la route du progrès.

Le Premier Édile se leva.

— Vous m'avez convaincu, Maître Sinh, dit-il. Je vais intervenir au Grand Conseil. Mais tranquillisez-vous un peu, ajouta-t-il dans un sourire, la conquête des draags par les oms n'est pas pour demain !

— Ne riez pas, Premier, nous n'en savons rien !

— Il ne faut rien exagérer.

— Vraiment ? Et l'accident de Klud ?

Le Premier leva les bras au plafond :

— Cette vieille histoire ! Il n'est même pas prouvé que ces deux draags aient été agressés par des oms. Personnellement, j'ai peine à le croire !

Le Maître fouilla sa poche de tunique :

— Moi, j'ai des preuves, dit-il. Regardez ce que m'a donné un confrère du continent Sud.

Il tendit une fiximage au Premier Édile et commenta :

— L'endroit était peu fréquenté. On n'a retrouvé les cadavres qu'au bout de six jours et la décomposition en était avancée. Impossible de rien tirer du premier cadavre, celui du fossé. Mais à deux stades de là, le draag effondré sur la route avait moins souffert. Regardez ça !

— C'est ?

— Le flanc droit, au niveau de la vingt-troisième côte. Une belle morsure d'om, n'est-ce pas ?

2

Sur la côte du continent A, un petit port aban-
donné depuis longtemps par les draags hébergeait
dans ses sous-sols une étrange cité.

Dans un réseau de canalisations souterraines et
d'anciens égouts, une ville cachée avait installé
ses rues, ses unités d'habitation et ses bâtiments
publics. Une ville d'oms. De trois millions d'oms !

Une activité fiévreuse y régnait. Sans arrêt, de
petites unités de commando se présentaient à ses
portes, ramenant de chez les draags une foule de
paquets hétéroclites : boîtes d'aliments, ferraille,
outils, écouteurs d'instruction. On déposait tout
cela en vrac et, tandis que chaque chef d'unité faisait son rapport et signalait ses pertes, d'autres
oms classaient le butin, faisaient rouler les boîtes
sur la pente de certains couloirs, transportaient
avec précaution les écouteurs vers les centres
d'étude.

Au centre de la ville, un ancien collecteur avait
été cloisonné en chambres de travail pour abriter
les services officiels. Dans l'une de ces chambres,
un grand om à barbe blonde considérait d'un air

sévère les graphiques ornant les murs. Il désigna l'un d'eux.

— Les stocks d'aliments augmentent encore, dit-il. Vingt mille poids ! J'ai déjà signifié ma volonté de stopper les arrivées. C'est du temps et de l'énergie perdus. Nous avons là de quoi tenir un an après l'exode !

— Ne te fâche pas, Terr, dit un Noir d'âge mûr assis en face de lui. Tes ordres n'ont pas eu le temps d'arriver partout. Les unités ne sont pas toutes munies de téléboîtes.

— J'avais pourtant dit…

— Je sais. Vaillant fait ce qu'il peut, mais l'usine en question se trouve à cent cinquante stades d'ici. Pour l'atteindre, il faut progresser sur deux stades en terrain découvert, et comme la région n'est desservie par aucun pont roulant, nous avons bien des difficultés à obtenir le matériel. J'ai affecté la moitié des monteurs de télé aux ateliers E, pour qu'ils ne restent pas inoccupés.

Terr inscrivit quelque chose dans un carnet. Puis il en tourna plusieurs feuillets, sourcils froncés.

— Pas trop de pertes, hier ?

— La moyenne. Toujours pas de nouvelles de l'opération Klud ?

— Pourvu qu'ils réussissent ! Sans ces pièces, nous ne pourrons jamais partir. Les trois machines ne seront que d'inutiles tas de ferraille.

— Fais confiance à Vaillant. Il a mis ses meilleurs oms dans le coup.

Une lampe clignota sur une boîte cubique. Terr enfonça un bouton :

— Oui ?

76

— Ici Vaill, dit une voix.

Terr et Charbon se sourirent.

— Eh bien ? dit Terr.

— Les pièces arrivent, Terr. J'en touche une du doigt pendant que je parle. Les deux autres sont en route, quelque part du côté de la Sente 4. Pratiquement, nous les avons.

— Bravo, exulta Terr. Fais vite porter la première aux ateliers !

— Par la glissière, elle y sera dans quelques minutes.

— Sans casse, j'espère.

— Mes gars sont en train de la matelasser. Ne t'inquiète pas.

Terr donna une bourrade de satisfaction dans les côtes de Charbon. Il rangea son carnet dans la poche de sa tunique et dit :

— Premiers essais en bassin dans trois jours, vieux Charb ! Il faut que j'aille voir ça !

Charb lui mit la main sur l'épaule.

— Méfie-toi, petit. Tu te surmènes. Tu dors à peine, tu manges à toute vitesse et…

— Je ne me suis jamais senti aussi bien.

À cet instant, un remue-ménage filtra de la pièce voisine. Quelqu'un heurta la porte.

— Oui !

Un om au visage ridé apparut.

— Terr, dit-il, la Vieille est mal. Elle te demande.

Terr et Charb se jetèrent un regard éloquent. Ils quittèrent la chambre sans un mot et se rendirent dans un couloir de circulation. Terr enfonça le bouton de priorité et attendit une minute, tandis que des lampes rouges s'allumaient dans le lointain à tous les carrefours. Puis il enjamba la selle du chariot. Charb se plaça derrière lui.

Ils roulèrent sur la pente, de plus en plus vite. Au neuvième millistade, Terr freina et, bloquant le véhicule sur la crémaillère d'ascension, se précipita dans un couloir adjacent. Après avoir salué au passage plusieurs notoriétés de la cité, il entra chez la Vieille.

Celle-ci était allongée sur un matelas de confort. Une couverture cachait ses jambes. Elle fit un faible signe de la main.

— Laissez-moi… seule avec lui, souffla-t-elle.

Charb mit un doigt sur ses lèvres et entraîna doucement les deux médecins dehors.

Terr s'agenouilla au chevet de la vieille ome noire. Il lui prit les mains et les trouva glacées. Une odeur de pharmacie flottait autour d'elle.

— Petit, dit-elle, j' verrai pas l'Exode.

— Ne parle pas, souffla Terr, tu te fatigues.

Elle eut un petit rire cassé. Une toux secoua ses épaules pointues sous la tunique. Elle désigna du doigt un flacon sur une table. Terr lui fit boire quelques gouttes et lui remonta un peu la tête. Elle s'apaisa bientôt.

— Écoute… je voulais te voir avant… de m'en aller. Si… si! J'ai pas peur, tu sais! Je voulais te dire que… que je t'aime bien, petit. Faut pas faire une tête comme ça. Regarde, moi, je rigole… On s'en va tous. Un jour, ça sera ton tour, dans longtemps, j'espère.

Elle branla la tête.

— C'est pas bien malin, ce que je dis là. Je suis qu'une vieille sotte. Vous tous, avec… les écou-

78

teurs des draags, vous êtes plus intelligents que moi. Même les petits… les tout petits oms qui savent lire les paroles draags, maintenant. C'est grâce à toi, ça. Pour l'intelligence, tu es un peu là. Mais… au début, quand tu étais encore un petit, tout ce qu'on a fait, c'est grâce à moi. Parce que j'étais… énergique, pas vrai ?

Terr l'approuva de la tête. Elle serrait son vieux poing nerveux sur la couverture.

— Moi l'énergie, toi… (elle lui frappa lentement le front du doigt)… la tête. Alors, je voulais te dire… Avec ta tête, si je te donne mon énergie, tu réussiras l'Exode. Faut les deux. Je sais bien que tu en as de l'énergie, mais je te donne la mienne en plus. Tout à l'heure, je serai plus là. C'est toi qui vas tout commander… D'ailleurs, depuis des jours, tu commandes déjà. Les autres t'écoutent, pas vrai ?

Elle haleta un moment sans rien dire, puis ses mains emprisonnèrent celles de Terr, comme des serres.

— Tu sens ? Tu sens, petit ? Mon énergie qui coule de mes bras ? Elle va dans les tiens. Je te la donne. Elle me quitte. Tu sens ? Tu…

Sa tête pesa plus lourd sur l'étoffe. Ses lèvres violettes restèrent figées dans un sourire.

— Vieille ? dit Terr.

Il dégagea doucement ses mains tièdes des doigts froids de la morte. Il lui ferma les yeux, resta un moment penché sur elle. Puis il se dirigea d'un pas lent vers la porte.

Tout le monde était debout dans la pièce voisine. Terr leur fit signe que c'était fini. Sans regarder derrière lui, il sortit, suivi de Charb dont les grosses lèvres tremblaient d'émotion.

Dans le grand couloir, une foule s'était agglutinée, prévenue par des rumeurs imprécises. Tous regardaient Terr, apparu en haut des marches.

— La Vieille est morte, annonça-t-il d'une voix sans timbre.

La stupeur figea la foule. Depuis toujours, la Vieille était le symbole de leur unité, de leurs espérances, de leur destin. Mais quand Terr fit mine de descendre, une voix d'ome lança :

— Vive l'Édile !

Cela déclencha une explosion de vivats.

— Terr ! Notre Édile ! Vive l'Édile des Oms ! Vive l'Exode !

Sans succès d'abord, Terr leva la main pour endiguer le tumulte. Un tic nerveux fit trembler son menton, sous sa barbe blonde.

Quelqu'un sortit de la résidence de la Vieille et joua des coudes pour se placer tout près du nouvel édile et lui présenter une téléboîte. À la vue du petit appareil, la foule s'apaisa par degrés.

— Oms libres, dit Terr, la Vieille est morte en m'adjurant de réussir l'Exode. Depuis des jours et des jours, elle a lutté pour nous. Puis elle a lutté contre la mort…

Plus qu'à la foule présente, il sentait sa voix s'adresser par les ondes à des milliers d'oms penchés sur leurs récepteurs dans toute la ville, et plus loin, aux sentinelles des postes avancés jalonnant les pistes. Plus loin encore, peut-être, son discours allait réveiller l'énergie des unités de pillage en action dans les villes draags.

*

Quelque part, aux environs de Klud, un enfant draag s'amusait à enregistrer les parasites d'une téléboîte. Par jeu, il les faisait repasser dans un plurigraphe. Il s'avisa soudain que certains bruits ressemblaient à des paroles. Des mots draags, comme prononcés à toute vitesse et déformés par un gosier animal, sonnèrent à ses tympans.

Surpris et curieux, l'enfant draag recula le fil du plurigraphe et repassa plus lentement les sons étranges : « Oms libres, nasilla l'appareil, la Vieille est morte… »

Le reste se perdit dans un orage de crépitements. Par instant, on captait cependant des mots isolés :

« lutté… exode… oms… »

L'enfant draag se dressa, ravi et faisant claquer ses membranes.

— Père, cria-t-il. Il y a des oms qui parlent dans le plurigraphe !

— Je t'ai défendu de jouer avec cet appareil, dit une voix venue de la pièce voisine.

L'enfant draag sortit. On l'entendit insister :

— J'ai fait une voix d'om avec le plurigraphe. Ça disait : « om libre, la vieille est morte… »

Profitant de sa solitude, un om de luxe, jusque-là couché sur un coussin, sortit de son faux sommeil, bondit sur le plurigraphe et arracha le fil. En une seconde, cachant le fil cassé dans son poing, il reprit sa paresseuse position et ferma les yeux.

— Quelle sottise ! dit le père draag en entrant

81

dans la pièce. Ça ne veut rien dire… Tiens, regarde, tu as cassé le fil. Joue à autre chose !

Il prit l'appareil et poussa l'enfant dans la salle de nature. Le petit draag plongea dans la piscine et n'y pensa plus.

3

Penché sur sa téléboîte, Charb prit quelques notes, dit « merci » et jeta un papier sur la table de Terr.

Celui-ci le lut rapidement, sourcils froncés.

— Nous courons ce danger tous les jours, dit-il enfin. Il faut absolument interdire toute communication en clair. Fais le nécessaire pour que les gars du centre 10 établissent un code.

— Cela va tout retarder.

— Je sais bien. Mais imagine que nos télécommunications aient été captées par des draags adultes. Ils nous auraient vite trouvés. Nous aurions échoué tout près du but.

Il se leva et posa la main sur l'épaule de Charb.

— Nous avons une supériorité sur les draags : la rapidité. Notre différence d'échelle nous a poussés à déformer leur langue de telle sorte qu'ils ne peuvent suivre le rythme de nos paroles. De plus, nous avalons la plupart de leurs consonnes. Sans ces petits avantages, il y a longtemps que nous aurions perdu la partie.

Charb suivait son idée.

— Établir un code, l'apprendre. Supprimer pendant ce temps toute télécommunication ! Le rythme de nos efforts sera paralysé pendant trois jours au moins !

— Tant pis. Nous pouvons nous le permettre. J'ai parlé de rapidité, à l'instant. Songe qu'il faut un quart de lustre à un draag pour atteindre l'âge adulte. Il ne faut qu'une année à un om !

Il se plongea dans des souvenirs personnels et dit :

— Quand j'ai quitté les draags, Tiwa, ma petite maîtresse, était une fillette. Elle est encore une fillette aujourd'hui. Elle n'a seulement que des rudiments d'instruction. Et moi, je suis un om à barbe blonde. J'ai eu six enfants. J'ai étudié les mathématiques, je connais à fond l'ygamographie et j'ai assez de notions pour parler de n'importe quoi avec nos techniciens. J'ai mis au point des règles provisoires d'économie à l'usage des oms, j'ai jeté les bases de l'économie 2 qui nous servira sur le continent sauvage où nous voulons nous établir. Rapidité, toujours. Nous vivons à un autre rythme et c'est notre principal atout.

Il jeta un regard affectueux sur les graphiques tapissant les murs et poursuivit :

— En un an, nous avons fondé cette ville, organisé des réseaux de renseignements, poussé la natalité, formé des spécialistes, accumulé un matériel fantastique… Nos progrès vont à pas de géant. Pendant la même période, les draags ont tout juste réussi à voter cette petite loi de désomisation que nous avons prise de vitesse. L'exode aura lieu avant que cette loi ne soit appliquée à fond. Je le répète, nous devons perdre ces trois jours, afin de ne pas tout gâcher. D'ailleurs, les télécommunications seront bientôt réservées aux espions seuls. Les raids n'auront plus de raison d'être. Nous avons déjà tout ce qu'il nous faut pour effectuer l'Exode et mettre en application l'économie 2. Nous allons bientôt vivre repliés sur nous-mêmes dans cette ville. Les téléfils suffiront.

Il enfonça un bouton de la téléboîte et dit :

— Ateliers !

L'appareil ronronna un instant, émit quelques déclics avant de laisser sourdre une voix.

— Ici, Central Ateliers ; qui parle ?

— L'Édile. Où en êtes-vous, pour l'appareil 3 ?

— Ne quittez pas, Édile. Je vous branche sur la salle 3.

— Ici chef de salle 3 !

— Ici l'Édile. Et cette plaque ?

— Nous perçons le dernier trou, Édile. Dans une heure, il n'y aura plus qu'à monter sur coque.

— Votre foret s'est usé ?

— Ça ira. Le changer nous prendrait plus de temps.

— Bon. Je descends voir.

Terr coupa et se tourna vers Charb.

— Fais le nécessaire, pour le code !

Charb acquiesça en avançant la main vers sa téléboîte. Terr sortit, sauta sur un chariot et se laissa glisser jusqu'aux ateliers.

Il traversa les entrepôts mécaniques, les petits ateliers de précision et parvint aux salles de montage. Dans les deux premières trônaient les appareils terminés : deux énormes vaisseaux fabriqués avec des pièces détachées ravies aux usines draags. Des files d'oms y chargeaient le fret nécessaire à l'Exode.

De la salle 3 filtrait le cri modulé du métal mordu par le métal, et le vaste murmure d'oms haletants sous l'effort. Terr y entra.

Une plaie carrée béait au flanc du troisième vaisseau, montrant des organes de verre et des ganglions de fils multicolores. Plus loin, une plaque courbe était calée sur le sol par des tasseaux de plastique. Juchés sur un échafaudage, une centaine d'oms maintenaient un énorme vilebrequin à la verticale, tandis qu'une autre centaine de travailleurs tournaient sans fin dans les roues d'écureuils entraînant le foret. La sueur coulait par litres le long des entretoises, dégouttait sur la plaque surchauffée, bouillait en dansant au milieu des copeaux de métal. De main en main, des bidons d'huile arrivaient sans arrêt des entrepôts. Une dizaine d'hercules aux muscles vernis par la chaleur vidaient le lubrifiant sous la mèche du foret.

Deux femelles aux cheveux noués sur la nuque abattaient un travail de mâle. Terr s'approcha d'elles.

— Que font-elles ici ? demanda-t-il au chef de salle qui s'empressait à sa rencontre.

— Elles sont stériles, répondit l'om. Elles ont demandé à servir autrement.

Terr s'écarta sur le passage d'un bidon roulé par des bras vigoureux. Marchant vers le vaisseau, il grimpa l'échelle menant à l'écoutille. Toujours suivi de l'ingénieur, il entra dans le ventre de l'appareil par un plan incliné. Au passage, ses doigts caressaient amoureusement le lisse des cloisons.

Ses pas le menèrent à la chambre des cartes, derrière le poste de pilotage. À son entrée, un petit groupe d'étudiants se leva.

— Vive l'Édile !

— Ça va bien, dit Terr. Asseyez-vous et continuez votre travail.

Il se pencha sur une carte, posa quelques questions précises, reçut les réponses en ricochets et tourna un sourire vers l'officier instructeur.

— Ma parole, dit-il, ces jeunes en savent plus que moi !

L'officier eut un geste mi-compréhensif, mi-respectueux signifiant : chacun son métier, le vôtre est de commander.

À cet instant, les lumières cliquetèrent trois fois et s'éteignirent.

— Une panne ! dit quelqu'un.

Mais les lampes jetèrent trois nouveaux éclairs avant de laisser la nuit s'installer définitivement.

— Une alerte ! dit Terr. Plus un geste ! Qui peut me passer une lampe de poche ?

Un objet froid lui fut glissé dans la main. Il pressa le bouton et balaya la pièce d'un pinceau lumineux.

— Observez les consignes, dit-il brièvement à ses compagnons immobiles. Chef de salle, guidez-moi hors des ateliers.

Dans la salle 3, le travail avait cessé. Perchés sur leurs poutrelles ou disséminés là où l'alerte les avait surpris, les oms restaient immobiles dans une atmosphère étouffante de sueur et de métal brûlant.

Terr traversa rapidement le chantier, quitta le chef de salle et courut dans les couloirs menant au Central de Surveillance. Sur son passage, il croisait des ombres silencieuses. À l'entrée du Centre, quelqu'un l'arrêta.

— Édile ! dit Terr en éclairant son visage.

Le factionnaire le laissa entrer. Terr s'élança dans l'escalier menant au Mirador principal. On appelait ainsi certains points stratégiquement disposés en haut des ruines de la ville draag.

Étouffant le bruit de ses pas, il pénétra dans la cabine en éteignant sa lampe. Vaill et Charb s'y trouvaient déjà en compagnie de quelques veilleurs. Vaill désigna l'étendue sableuse, souillée de rares touffes d'herbe. À un demi-stade de la ville, une sphère avait atterri. Un, deux... cinq draags gigantesques vaquaient aux alentours.

Le plus grand s'était juché sur une dune et contemplait l'océan. Un autre, vautré dans le sable, grignotait béatement le contenu d'une boîte de conserve. Les trois derniers se penchaient sur le moteur de la sphère décapotée. Du mirador, on entendait le lourd murmure de leur conversation.

— Ils sont en panne, souffla Charb.

Terr secoua lentement la tête :

— Je n'aime pas ça, dit-il.

Quêtant une explication, ses compagnons lui jetèrent des regards étonnés. Mais il se tut, attentif aux moindres gestes des géants batraciens.

Au bout de longues heures, les draags remontèrent dans leur appareil, qui décolla aussitôt. En quelques secondes, la sphère disparut à l'horizon.

— Fin d'alerte ! ordonna Terr.

Et tandis qu'un om transmettait son ordre par téléboîte, il regarda ses amis d'un air grave.

— Aucune sphère ne passe jamais par ici, dit-il. Ces draags sont venus dans un but précis. Leur panne était un simulacre.

Vaill protesta :

— Comment peux-tu être aussi affirmatif ?

Terr poursuivit sans répondre directement :

— Avez-vous déjà vu un draag manger couché sur le côté ? En avez-vous déjà vu mettre une heure à vider une boîte d'aliments ? Celui-là jouait la comédie ! Il fiximageait les ruines !

Charb fit un bond.

— Tu es sûr ?

— Aussi sûr, dit Terr, que l'autre enfonçait je ne sais quoi dans le sable, avec un air détaché. Il a cerné la ville de détecteurs ou de quelque chose d'approchant, tout en affectant de se promener. Suivez-moi dans les dunes, nous allons voir ça de près.

Ils descendirent du mirador et coururent à l'endroit où le draag avait commencé son travail. Il ne leur fallut pas longtemps pour tirer du sable un objet rond surmonté d'une antenne de métal.

— Qu'est-ce que c'est ? demanda Vaillant.

— Je voudrais bien le savoir, dit Terr. Fais-moi porter ça avec précaution jusqu'aux laboratoires.

Il regarda ses amis et ajouta :

— Oms ! Le temps presse. Nous effectuerons l'Exode la nuit prochaine. Les draags sont trop lents pour prendre une décision d'ici là.

— Mais le troisième appareil n'est pas prêt !

— Il le sera. Nous allons tripler la cadence.

Nous le mettrons à l'eau sans essais. Il n'est plus question de répétition générale. Charb! Fais le nécessaire auprès des chefs de salle. Je veux que l'on charge le troisième navire dès maintenant, sans attendre qu'il soit terminé. S'il y a du retard, nous le remorquerons avec les deux autres.

— Comment n'avons-nous pas été prévenus par les réseaux ?

— Les faux oms de luxe ne peuvent pas se glisser partout. Et puis, le Grand Conseil ne se tient pas sur ce continent !

— Les unités de pillage n'auront pas le temps de rentrer.

— Je sais. J'en souffre plus que vous ne pouvez l'imaginer. Mais nous ne saurions sacrifier l'Exode pour quelques vies d'oms. Nous allons prendre un risque, cependant. Vaill, fais rentrer le plus de monde possible par téléboîte. J'espère que tes appels ne seront pas captés. Dis à ceux qui sont trop loin d'interrompre toute activité régulière et de se réfugier là où ils pourront.

Tout en revenant vers les ruines, Terr plissa le front.

— Pourvu qu'ils n'aient pas décelé les trois navires, dit-il. Avons-nous de la tôle fine ?

— Je vais demander aux réserves, dit Charb. Mais j'imagine qu'il en reste des mégapoids. Pourquoi ?

L'Édile eut un geste vague.

— Je médite un petit truquage pour tromper les draags.

4

Un timbre vibra sur la table du Premier Édile A
sud. Il pressa un bouton et dit « Oui ? ».

— L'opération « Vieux Port » est terminée,
Premier Édile, dit une voix. Les fiximages sont au
laboratoire.

L'Édile tressaillit.

— Faites-les monter à mesure qu'elles sortent,
ordonna-t-il.

Il toucha un autre contact et dit :

— Le Maître Sinh doit arriver dans quelques
minutes au sphérodrome intercontinental. Faites
le nécessaire pour qu'il soit chez moi le plus tôt
possible.

Bientôt, les premières épreuves fiximagées tombèrent dans le tiroir réservé aux plis d'urgence.
L'Édile s'en empara et les étala sur sa table. Il
scruta les vues agrandies de la ville abandonnée.
De temps en temps, il gloussait. De faibles indices
lui révélaient dans ces ruines une forte concentra-
tion d'oms. Il encadra d'un trait rouge un ancien
caniveau truffé d'empreintes de pieds nus, fit de
mêmc autour de trois petites silhouettes se décou-

pant à contre-jour dans la faille d'un vieux mur et nota la présence insolite d'une pile de boîtes neuves, mal cachées par un rideau d'herbes.

On lui annonça l'arrivée du Maître Sinh. Ils ne se perdirent pas en vaines politesses. L'Édile désigna les images au vieux savant. Celui-ci les parcourut rapidement du regard et dit :

— Ce n'est pas très intéressant. Nous savions déjà qu'il y avait des oms dans cette ville. Vous n'avez travaillé qu'en surface ?

— Non pas, Maître, dit l'Édile.

Il se pencha sur le tiroir et en tira d'autres épreuves.

— Voici des transfiximages.

— Quelle profondeur ?

— Voyez, c'est écrit au coin de la feuille : 50 millistades.

Le Maître Sinh eut un « ah » satisfait. Il inclina son crâne ridé vers la table. Bientôt, son doigt nerveux se posa en haut de l'image.

— Voyez ! dit-il simplement.

L'épreuve était nette. Les rayons avaient percé les premiers plans sans les fixer sur le film. On voyait une coupe superficielle des ruines les plus proches de l'appareil.

— Des oms ! fit l'Édile.

— Bien sûr, des oms ! répondit en écho le vieillard. Ce qui m'intéresse, c'est cela ! Ces objets noirs autour desquels ils s'assemblent par groupe de trois !

— Des...

— Des armes de poche, des lance-rayons ! Ces oms sont armés, mon cher Premier ! Est-ce que vous vous rendez compte ! Bien sûr, étant donné leur petite taille, ils ont besoin de trois servants par arme là où nous n'avons qu'à presser la détente avec un doigt. Regardez ça, ils ont modifié ces armes à leur usage. Chaque lance-rayons est monté sur affût à ressort. Ils ont soudé un levier à chaque bouton de tir.

Il éplucha rapidement plusieurs clichés, désignant ici et là des batteries stratégiquement disposées :

— Tenez ! Là et là… Ici ! Encore trois ! À leur échelle, c'est une véritable artillerie ! Vous rendez-vous compte qu'au moindre geste offensif, vos draags étaient tués pratiquement à bout portant ?

— C'est effrayant !

Le Maître hocha pensivement sa grosse tête ridée par l'âge.

— Voyons le reste, dit-il en s'emparant des épreuves qui s'accumulaient dans le tiroir. Ici, nous avons… quatre centistades de profondeur… voyons… oh ! là ! Regardez-moi ça, Premier. Ces couloirs, ces escaliers, ces… qu'est-ce que cela ?

— Des lampes, je crois !

— Mais oui, des réseaux de lampes pour éclairer ce… labyrinthe ! Ils ne font pas d'économies. Ils doivent avoir des piles en quantité… Et là ?

Il passait à d'autres images. Dix centistades, trente, quarante. Les épreuves étaient de plus en plus floues avec la profondeur. Chaque «coupe» s'auréolait un peu partout de la projection parasite des plans précédents.

Néanmoins, les deux draags reconnurent des entrepôts d'armes, de vivres, d'outils ; des dortoirs, des nurseries ; des salles d'instruction bourrées d'écouteurs sur lesquels se penchaient, par dix, des grappes d'étudiants.

— Voilà le plus dangereux, dit le Maître Sinh. Le reste ne serait rien. Ces écouteurs leur divulguent nos techniques, et toute une science que nous avons mis des lustres à perfectionner.

— Votre dernière phrase est rassurante, argua le Premier. Si nous avons mis des lustres…

— Mais non, vous n'y êtes pas du tout, coupa le Maître. Songez que nous nous sommes laissé piller une science toute faite ! Ils n'ont qu'à prendre ce que nous avons dû longuement bâtir. Voyez où ils en sont au bout de quelques mois ! Malheur sur nous si nous n'intervenons pas. Ils nous dépasseront ! Ils ont de prodigieuses facultés d'assimilation. D'ailleurs, tout cela ne m'étonne qu'à moitié. Quand j'ai su qu'ils communiquaient par téléréseaux, j'en ai conclu qu'ils étaient capables de fabriquer des téléboîtes facilement transportables. S'ils sont capables de ça, ils le sont de tout le reste… Voyons les dernières images.

Les dernières feuilles étaient pratiquement indéchiffrables. La superposition des divers plans brouillait toute interprétation raisonnable.

— Je vais faire décanter ça par le laboratoire, dit le Premier Édile.

Passant de la parole aux actes, il jeta les images dans un tiroir et dicta ses ordres par télé.

— Quand auront-ils fini ? s'informa le Maître.

— Pas avant demain, malheureusement.

Le savant soupira et fit craquer ses vieilles membranes desséchées.

— J'ai pris d'autres mesures, dit l'Édile. Je vous en ai parlé.

— Oui, je sais. Un télébarrage !

— La ville est pratiquement cernée. S'ils ont des véhicules à moteur ou des bulles, il leur sera impossible de s'en servir.

Le vieillard eut un geste découragé vers les fiximages répandues sur la table.

— Après avoir vu tout ça, dit-il, je me demande s'ils n'ont pas repéré le manège de vos agents. Ils sont capables d'avoir déterré vos éléments et d'en avoir changé la longueur d'onde à leur usage.

— Tout de même ! Mes draags ont agi discrètement !

— Discrètement à notre échelle. Mais un geste imperceptible peut se présenter comme une énorme maladresse aux yeux d'un petit om un peu observateur. Je crois qu'il faudra envisager des mesures plus brutales, plus décisives.

— Tout écraser sans prévenir ?

— Peut-être. Je ne pense pas qu'ils puissent nous combattre à armes égales. Pas encore. Mais nous n'avons repéré qu'une ville. Et s'il y en avait d'autres ?

La contrariété obscurcit un peu les yeux rouges de l'Édile.

— Cela m'étonnerait. Les rares télémessages que nous avons captés...

— Les rares télémessages ! dit amèrement le Maître. Cela prouve que vous ne les avez pas tous captés. Imaginez qu'ils aient un code. Imaginez qu'une dizaine de cités semblables fonctionnent en secret sur chacun des quatre continents !

— Rien ne nous permet d'échafauder de telles suppositions. Les Édiles des autres continents n'ont rien décelé de plus inquiétant chez eux que des activités désordonnées d'oms errants. La désomisation…

— Je me demande si la désomisation ne favorise pas l'évolution des oms en leur donnant la nécessité d'une organisation défensive !

Le premier Édile leva les bras en l'air, membranes tendues :

— Mais c'est vous-même, Maître, qui avez le premier conseillé cette mesure préventive à mon collègue d'A nord !

— J'ai pu commettre une erreur, je ne suis pas infaillible. J'ignorais encore les proportions du danger… Croyez-moi, le moment est venu de se demander si les draags sont encore la race maîtresse d'Ygam.

— Vous poussez les choses au noir, dit l'Édile en émettant un son de crécelle ressemblant au rire.

— Oh ! ne riez pas, protesta le maître. J'étudie les oms depuis longtemps. Depuis longtemps je m'émerveille des facultés de cet… animal. Le danger est terrible. Il y a Conseil dans huit jours. Sachez que j'ai l'intention d'y proposer une désomisation immédiate et totale.

— Mais vous n'y pensez pas ! Le public n'a pas été tenu au courant de nos soucis. Vous allez susciter une levée de boucliers. Beaucoup de gens sont très attachés à leurs oms !

— Quand ils seront au courant…

— Mais non, Maître Sinh. Une autre raison

s'oppose à ce projet. Si vous claironnez partout la vérité, les oms organisés le sauront. Ils vont réagir et trouver quelque chose pour anéantir notre action ou, du moins, en affaiblir la portée. Il faut les prendre par surprise !

Le Maître resta un moment pensif.

— Peut-être avez-vous raison, dit-il enfin. Nous pourrions prétexter une épidémie et rendre obligatoire la vaccination des oms contre une maladie fantôme. À la faveur de ce mensonge nous pourrions, non pas tuer les oms, mais détruire certains centres cérébraux pour leur enlever toute intelligence. Qu'en pensez-vous ?

— Cela me paraît habile. Je vais faire étudier la question… Bonheur sur vous, Maître Sinh, vous avez quand même réussi à m'effrayer ! Dès demain, je réunirai un conseil restreint à l'échelle continentale pour envisager une action d'envergure.

Le Maître se leva.

— Bonheur, Premier Édile. Faites vite si vous m'en croyez !

Il regarda son cadran axillaire.

— Je serai dans une heure à Torm, dit-il. Je vais en parler à votre collègue d'A nord. Mais il est déjà tard. Soyez assez aimable pour le faire prévenir de ma visite.

5

Sous un ciel topaze aux teintes foncées par le couchant, une vaste mer de sang frais se berçait mollement d'un horizon à l'autre. Des courants gorgés de plancton promenaient leurs arabesques au hasard des brises.

Points perdus dans l'immense poème, trois navires taillaient leur route, obstinément. Ils taillaient dans un océan de couleurs, insensibles aux grâces nonchalantes, aux languides enchantements des vagues qui rutilaient de mille facettes en se pavanant dans leurs fastes.

Cap à l'est, ils emportaient dans leurs flancs tout l'espoir d'une race en rupture de chaînes. Ils allaient en triangle, les deux premiers remorquant l'autre, dont la coque grouillait d'oms encordés.

Fouettés d'embruns, sueur lavée par la bave vermeille de la mer, les oms pesaient par grappes, de tout leur poids, sur le dos luisant du dernier navire. Muscles noués par l'effort, étaux de chair vautrés en force sur étaux de fer, ils maintenaient les écrous géants sur les lèvres de la dernière plaque. On terminait le navire en plein voyage.

Les oms avaient oublié tout souci personnel. Les souffrances individuelles ne comptaient plus. Ils n'étaient qu'une seule âme tendue vers un seul but. Parfois, assommés par la gifle splendide d'une vague, certains perdaient connaissance et pesaient d'un poids mort au milieu des autres, qui s'en apercevaient à peine. Déséquilibrés, d'autres pendaient étranglés à leur corde, comme des breloques au flanc rond de la coque. Les hasards du roulis les achevaient à coups de bains intermittents. Le navire tirait dans son sillage une bonne vingtaine de pantins inertes glissant sur le dos musclé de l'océan.

À l'intérieur, dans un labeur symétrique, d'autres suffoquaient sous la tôle, dans l'odeur animale de l'effort mêlée à celle du métal chauffé. Des dos carrés saignaient, arc-boutés depuis des heures sous les étais d'un tournevis, manœuvré au tourniquet par des dizaines de bras.

Régulièrement, l'eau pénétrait en poudre par les fentes et douchait durement les plaies et les baves d'effort. D'autres travailleurs pompaient sans arrêt, rejetant à la mer la saumure d'oxydes et d'urée qui leur ballottait à mi-jambes. Tout cela dans une pénombre de vapeurs et de faux jours poisseux, dans un vaste murmure de jurons et d'ahans, soutenant le cri modulé du pas de vis grinçant à mort ; symphonie démente rythmée par les coups de cymbales de la mer.

*

Quand tout fut terminé, la nuit avait depuis longtemps noyé les splendeurs du couchant.

Harassées, les équipes extérieures repassèrent une à une l'écoutille. Les pompeurs furent relevés tandis que les techniciens commençaient la mise en place du dernier réacteur. Le plus dur était fait.

Le chef de chantier prévint le maître-bord qui annonça aussitôt la bonne nouvelle à Terr. La communication passa par le téléfil tendu entre les deux navires.

— Parfait, dit Terr. Combien de temps pour finir ?

Le maître-bord 3 hésita :

— C'est difficile à préciser, Édile. Entre dix et quinze heures, d'après le chef. Sans parler des difficultés créées par la houle, le séchage des bobines prendra du temps. Si c'était à refaire…

— Oui, je sais, dit Terr. Nous n'aurions pas monté les bobines avant le départ. Le séchage va durer plus que le temps gagné au montage. Toute action improvisée comporte fatalement des erreurs. Mais ne parlons pas du passé.

Terr se tourna vers le maître-bord 1 debout à ses côtés.

— Combien, pour le Siwo ?

— Douze heures, sans forcer l'allure.

— Vous avez entendu votre collègue du vaisseau 1 ? dit Terr penché sur la téléboîte. Dans douze heures, nous atteindrons le courant de Siwo. Il faudrait que tout soit terminé d'ici là.

La voix du maître 3 hésita de nouveau :

— Je ne crois pas qu'il soit prudent d'y compter, Édile.

— Faites de votre mieux. Prévenez-moi dans dix heures de l'état des travaux. Si vous avez du retard, nous réduirons la vitesse.

— Entendu.

Terr coupa et marcha de long en large dans la cabine.

— Nous gagnerons un temps fou en profitant de la vitesse du Siwo, dit-il. Ce détour nous raccourcit le voyage. Mais il n'est pas question de continuer le remorquage à cette vitesse. Quel écart prévoyez-vous entre chaque navire ?

— La prudence nous impose un demi-stade, au minimum. Mais je viens de parler aux ingénieurs à ce sujet. Ils craignent que les bâtiments ne tiennent pas le coup à plus de cent stades-heure.

— Quelle est la vitesse du Siwo ?

— Sous cette latitude : trente stades. Mais la vitesse double au confluent du Siwo sud. Et le courant sud est parsemé d'œufs-îles. Les coques vont souffrir. Nous devrons réduire à quinze stades notre propre allure. Quinze plus soixante, nous filerons quand même à soixante-quinze. Mais notre vitesse restera de quinze par rapport aux œufs. Nous les briserons au passage. En allant plus vite, nous finirons par nous briser nous-mêmes.

Terr fronça les sourcils.

— Et les pronges ? dit-il.

Le maître-bord eut un geste rassurant.

— D'après les écouteurs spécialisés, les œufs n'écloront pas à cet endroit, surtout en cette saison. L'incubation n'est pas terminée.

Il montra une carte, toucha un point au milieu des mers teintes en rouge :

— C'est par là que l'éclosion commence, tout près de l'équateur. Notre route n'y passe pas.

— Les éclosions provoquées ?

— C'est rarement dangereux. Certes, les pronges sont vivants dans l'œuf. Mais la cassure de celui-ci les tue en même temps.

— J'ai entendu parler de survivance.

— C'est très bref. Ils sont rapidement noyés. Nous ferions peut-être mieux d'en parler à Sav, si vous voulez, Édile.

Terr posa la main sur la téléboîte, hésita et dit :

— Je vais aller le trouver moi-même.

Le maître-bord salua et grimpa l'échelle menant à la passerelle. Terr sortit dans le couloir. Il descendit au pont inférieur, traversa les soutes latérales où des oms vérifiaient les amarres du fret, et parvint à la coursive gauche. Une centaine de pas le mena aux loges. Il entra, salué affectueusement par tous.

— Où est Sav ? demanda-t-il.

— Troisième loge, dit quelqu'un.

Il traversa la foule, distribuant çà et là une parole d'amitié ou d'encouragement, frappant cordialement l'épaule d'une ome tordue par les nausées. Dans la troisième loge, il trouva Sav assis dans un coin, vautré parmi des cartes du continent sauvage.

Le naturaliste leva de ses paperasses une tête grisonnante.

— Tiens, l'Édile ! Vous avez besoin de moi ?

Terr l'entraîna à l'écart.

— Dans le privé, tu n'es pas obligé de me donner de l'Édile, dit Terr. Je suis venu te parler des pronges.

— Oui ?

— C'est dangereux ?

— Tout ce qu'il y a de plus dangereux !

Terr secoua la tête :

— Non, je veux dire : à l'explosion provoquée ?

Sav se pinça le nez.

— Ça dépend, dit-il. En général, ils sont trop faibles. Pas autant qu'un om né avant terme, cependant. Étant donné leur poids, ils peuvent avoir un geste « lourd » de conséquences.

Il cligna de l'œil en commentant :

— Je sais choisir mes expressions, hein !

— Tu es très spirituel !

— Merci. Je disais donc : d'après les écouteurs en notre possession, le pronge nouveau-né peut avoir un geste malheureux, dans son agonie. Le mois dernier, les unités de pillage ont ramené un vieil écouteur dans lequel j'ai déniché des précisions là-dessus. Neuf fois sur dix, il n'y a pas de danger.

— C'est gai ! dit Terr. Comme nous allons en rencontrer des milliers, nous n'aurons que des centaines de coups durs. Tu n'as rien à me dire de rassurant ?

— Si. C'est trop jeune pour nager et ça crie très fort avant de couler. Il ne faut pas s'effrayer, paraît-il. Plus ça crie, plus ça coule vite. Ils vident l'air de leurs poumons, tu comprends ? Mais pour gueuler, ça gueule ! Ça couvre le bruit de la mer. J'ai hâte de voir ça !

— J'espère bien que nous ne le verrons pas de trop près. Tu n'as pas entendu parler d'un moyen de les rendre totalement inoffensifs ?

Sav hocha la tête.

— Si. Aller le plus vite possible. C'est ce que faisaient les draags quand ils naviguaient sur de petits bâtiments.

Terr soupira.

— Malheureusement, nous ne pourrons pas en faire autant, les coques ne tiendraient pas le coup. Mais… que viens-tu de dire ? Les draags eux-mêmes craignaient les bébés-pronges ?

— Évidemment ! Ça date du temps de la vieille navigation. À cette époque-là, il n'était pas rare de voir un pronge nouer au passage ses tentacules sur l'hélice. Avant de mourir, il pouvait très bien démolir le bâtiment. Et même quand celui-ci en réchappait, avec son hélice endommagée, il risquait de tournoyer des mois dans le Siwo avant de se fracasser sur les récifs d'Ambala, au terminus. Les armes à rayons n'existaient pas encore, les balles ricochaient sur les pronges et ne les achevaient pas assez vite pour éviter l'accident. Mais comme je te l'ai déjà dit, ces choses-là étaient rares. Les draags forçaient l'allure et crevaient tous les œufs au passage, sans que les pronges aient le temps de causer des dégâts.

Terr saisit Sav par la manche.

— Et tu me dis tout cela maintenant ?

— Tu ne m'as rien demandé ! protesta le naturaliste. Tu m'as fait dire par Charb de me consacrer à l'étude de la faune et de la flore du continent sauvage ! Je supposais que vous saviez tout cela et que vous aviez pris des précautions.

Terr le lâcha et branla la tête :

— Tu as raison, dit-il, c'est ma faute. Je n'imaginais pas… c'est ma faute.

— Nous avons des armes ! suggéra Sav.

— Il est impossible de s'en servir. Il faudrait les monter sur la coque et… c'est trop tard.

— Évite le Siwo.

— Impossible aussi. Le voyage est prévu pour un temps déterminé. Nous ne pouvons nous passer du Siwo sans perdre deux jours. Et les réacteurs doivent être révisés tous les dix mille stades.

— Alors, je ne vois qu'une solution : voyager en plongée.

— Nous ne tiendrons jamais tout ce temps sous l'eau.

— Je veux dire : plonger le plus souvent possible.

— Et perdre du temps, murmura lentement Terr. Je vais en parler aux maîtres-bords. On verra bien.

Il fit mine de s'éloigner, puis se retournant.

— Combien pèse un pronge nouveau-né ?

— De dix à quinze mille poids.

— Autant que les trois bâtiments réunis, soupira Terr. Merci, Sav.

À cet instant, toutes les sonneries du navire se mirent en branle. Terr bondit, traversa les trois loges et se rua sur la téléboîte de coursive.

— Ici, l'Édile ! hurla-t-il. Que se passe-t-il, maître-bord ?

— Bulle draag au sud ! annonça l'officier. Nous plongeons, tous feux éteints. Je ne pense pas qu'elle nous ait repérés.

— Les autres ?

— Ça va ! Le bâtiment trois nous suit. Les câbles tiennent. Nous réduisons à cinq stades.

*

Vingt longues heures plus tard, une aube sale se leva sur la mer. Une mer lie de vin traversée d'ouest en est par un courant mordoré : le Siwo.

Les trois bâtiments naviguaient de conserve, espacés d'un demi-stade les uns des autres. Autour d'eux, des poissons volants bondissaient, de crêtes d'or en creux violets. Ils scintillaient sur la mer comme des paillettes sur les plis d'un manteau. Parfois, quelques-uns retombaient sur le pont noir d'un navire et sautillaient en désordre avant d'être rejetés par le coup de roulis suivant.

Au bout d'une heure encore, on vit le premier œuf de pronge, comme une colline ronde et verdâtre se dandinant au gré des lames. Il fut simple de l'éviter. Il tournoya longtemps, dans le remous créé par le passage des bateaux, disparut au loin.

Mais déjà, deux nouvelles boules géantes se devinaient à l'horizon. Filant trente stades, on les rattrapa sans peine. Le navire 1 dut louvoyer un peu pour passer entre elles.

Puis ce furent des groupes de cinq, sept, quinze œufs à la fois, qu'il fallut contourner. On perdit du temps. Quand la mer en fut couverte, Terr ordonna, la mort dans l'âme, de forcer l'allure et d'aller droit devant.

Tout excité, Sav avait demandé l'autorisation de monter sur la passerelle. Cinq oms s'y trouvaient déjà : l'Édile, le maître-bord et le sous-maître, l'om de barre et, assis dans un angle, le préposé à la téléboîte. Les trois navires étant séparés, on avait dû rétablir entre eux les communications sans fil ; on usait d'un code.

Le naturaliste se plaça de manière à ne gêner personne et, mains serrées sur la rambarde, ouvrit de grands yeux.

Le premier œuf ne fut pas éperonné. Il roula tout le long de la coque avec un bruit de tonnerre. Le second fut abordé de plein fouet et explosa sur la proue, dans un jaillissement d'humeur verdâtre qui souilla la vitre de la passerelle. Les oms eurent la sensation de traverser un pot de marmelade.

Piquant du nez dans un creux, le navire donna l'impression de s'ébrouer, il se lava des traînées visqueuses répandues sur le pont et attaqua un autre œuf. Avec un craquement terrible, celui-ci vida sa crème dans les vagues. Des débris mous furent emportés de chaque côté, pêle-mêle avec des embryons d'organes, de couleur orange.

Sav regarda l'Édile en souriant.

— Pour l'instant, ça va bien, dit-il. Ces œufs sont encore jeunes. Dans une heure ou deux, nous risquons de toucher des petits pronges un peu plus gaillards.

Terr dit sèchement :

— On dirait que ça vous fait plaisir, Sav !

La naturaliste se retrancha derrière une mine penaude :

— Oh non ! dit-il gauchement.

Mais l'éclat de ses yeux démentait ses paroles.

Le pont bouillait d'acides répandus, vite balayés par les vagues. De temps en temps, on voyait les deux autres navires, à droite et à gauche. Ils défonçaient allégrement les boules qui leur barraient le passage. La téléboîte n'enregistrait que de bonnes nouvelles de leur part. Tout cela paraissait facile et sans danger. Les oms eurent d'abord un vulgaire plaisir sportif à fracasser les obstacles. Puis, habitués au vacarme, rassurés sur la solidité relative de la coque, ils finirent par trouver monotone cette étrange navigation.

Les explosions continuaient. Il semblait même qu'elles fussent de plus en plus réussies. Certains œufs sautaient comme des bombes, avec un bruit d'artillerie assourdissant. Quelques-uns paraissaient se dégonfler comme des baudruches. D'autres faisaient voler au loin les éclats de leurs coquilles, qui ricochaient parfois sur le dos des vagues.

— Des gaz ! dit Sav. Ça doit empester, dehors !

Terr le regarda :

— Quoi, des gaz ?

— Oui, précisa le naturaliste. Ces œufs sont chargés de gaz dus à l'attaque des acides sur la face interne de la coquille. Ils sont plus proches de l'éclosion naturelle. Tenez !

Il pointa son doigt vers le pont. Un paquet déchiré de circonvolutions verdâtres battait par spasmes, avant d'être emporté.

— C'était un cœur, dit Sav, un cœur déjà formé ! Chaque pronge en a cinq.

— Cinq cœurs ?

— Oui. Et deux foies, comme les draags.

Un œuf gigantesque parut arriver comme la foudre sur le navire. Haussé par une vague tandis que le bâtiment piquait, il s'écrasa sur le capot de la passerelle, dégorgeant une chape de liquide glauque qui anéantit toute visibilité.

Le maître-bord ordonna une plongée pour se débarrasser des immondices maculant les vitres.

En remontant à la surface, le navire éperonna une autre sphère. Des lambeaux de membranes flottèrent comme des linges mouillés aux angles du capot. Et l'on put filer sans entrave en eau libre, à la rencontre d'un autre banc d'œufs se profilant au loin.

Le radio tendit au maître-bord un papier que celui-ci lut à l'Édile : le vaisseau 3 signalait une légère avarie Déséquilibrées par les chocs, deux lourdes bobines d'induction avaient cassé leurs attaches et arraché dans leur chute une partie de l'installation.

— Demandez combien de temps il leur faut pour arranger ça, ordonna Terr.

La réponse ne tarda pas :

— Trente minutes !

Terr regarda l'horizon bourrelé de collines rondes. Il leva un sourcil vers le maître-bord.

— Nous y serons dans vingt minutes, estima l'officier.

— Moteurs en panne ! ordonna l'Édile. Faites donner les mêmes ordres aux deux autres bâtiments.

Loin sur la gauche, un peu en arrière, on vit quelques œufs exploser. Les navires 2 et 3 firent bientôt leur apparition et se rapprochèrent du navire-édile. Celui-ci filait encore sur son erre. Un œuf géant tournait comme un toton dans son sillage. Sa coquille polie et trempée d'embruns captait les reflets du ciel tourmenté.

Au passage du bâtiment 2, l'œuf bascula dans un contre-remous et fila droit sur la route du bâtiment 3. Celui-ci ne chercha pas à l'éviter. On entendit un choc fêlé, claquant sur l'étendue, et les oms virent leur premier pronge vivant!

L'énormité du spectacle en ralentit les phases. Comme dans un rêve, on vit une longue lézarde sinuer au pourtour de la coquille. Le bateau disparut sous un flot d'humeurs malsaines. Comme un diable sort d'une boîte, un être verdâtre parut se dresser dans la portion inférieure de l'œuf, formant nacelle. Le pronge sembla debout sur la mer, avec ses yeux mi-clos de nouveau-né. Son visage énorme et fripé s'ornait de touffes de tentacules aux commissures des lèvres. La cocasserie de ce poupard moustachu, en équilibre au flanc d'une vague, fut balayée par son cri.

Le bouche molle s'ouvrit comme un entonnoir et brama vers les nuages. Le son vibrant, monstrueux, claqua sur la mer comme un fouet sur un tambour. L'eau lisse se rida de petites ondes à un stade à la ronde et l'océan parut avoir la chair de poule.

Le pronge déplia maladroitement un aileron, sans cesser son vacarme. Il tournoya, perdit l'équilibre et s'abattit comme une gifle.

Quand la pluie d'écume retomba, on vit encore flotter la tête aux yeux plissés. Mais l'eau lourde s'engouffrait déjà dans la bouche ouverte, noyant un gargouillis d'agonie. On vit l'aileron s'agiter, se rabattre en demi-cercle sur le navire 3 qui s'éloignait déjà. Celui-ci parut se cabrer, fit un looping au ras d'une lame et disparut. Pour toujours.

*

Pâle, au bout d'une heure d'infructueuses plongées, l'Édile fit abandonner les recherches.

— Adieu, braves compagnons, dit-il. Quant à nous c'est impossible ! Nous ne passerons pas. Laissons-nous dériver au gré du Siwo pour ménager les réacteurs. Perdons deux jours. C'est ton avis, Sav ?

— Tu as raison, dit celui-ci. Le premier pronge nous coûte un navire. Et nous devons encore rencontrer des milliers d'œufs. Naviguons à leur vitesse, mais surtout ne les brisons pas… Nous y passerions tous !

Les traits tirés, il jeta un regard sur la mer. Ils dérivaient au milieu de coupoles vertes, qui trinquaient doucement, à petits chocs, entre elles et sur la coque des navires.

6

Ce furent deux longs jours d'angoisse, où l'on vécut dans la hantise de briser un œuf. Par moments, des coups de vent tiède précipitaient la danse et les coquilles heurtaient plus rudement les navires. Chacun serrait alors les dents, dans l'attente d'un fracas qui eût pu libérer vingt pronges à la fois.

En fait, on vit naître encore un pronge avant terme, à quelques encablures. Deux œufs se fendirent l'un contre l'autre. Le premier ne vomit qu'un magma sans danger, mais l'autre s'ouvrit sur un monstre barrissant qui coula tout droit, gueule ouverte, comme s'il avait fait vœu de beugler jusqu'à la fin des temps.

À la fin du deuxième jour, le Siwo obliqua peu à peu vers l'équateur, vers la Baie des Pronges, où ceux-ci naissaient à terme, s'accouplaient et folâtraient de longs mois avant de prendre leur vol annuel vers les pôles. Aux pôles, ils pondaient dans les eaux du courant et le cycle recommençait.

Terr décida de quitter le Siwo. Et comme il eût été dommage d'avoir un accident au dernier moment, les deux navires parcoururent en plongée les dix stades qui les affranchissaient du fleuve marin.

La nuit suivante fut calme. Mais le soleil levant révéla des eaux pourpres. On approchait du Pot d'Écume, là où l'océan, travaillé par des vents contraires, moussait d'incroyable manière.

Peu à peu, au fil des heures, les bâtiments fendirent une mer crémeuse. Le navire-édile allait devant. Son étrave effilochait au passage des paquets de mousse blanchâtre, puis de véritables ballots de coton flottant à la surface, puis des montagnes de spumosités ressemblant de loin à des icebergs.

Bientôt, l'eau fut invisible ; le ciel aussi. On dut avancer à l'aveuglette au milieu d'une géante et savonneuse lessive, dans un monde irisé, traversé de reflets magiques et multicolores. Mille sphères transparentes s'amalgamaient autour des navires, au-dessus, partout, bavant et moutonnant, pétillant de mille feux différents.

Ils allèrent longtemps dans les jeux d'une lumière variant à l'infini ses spectres et ses raies, ses images et ses mirages, ses réfringences et ses franges, dans un chromatisme irréel, dans une géométrie où l'œil se perdait en perspectives multiconcaves.

Et très loin au-dessus d'eux, invisible, le ciel jouait avec ses nuages d'or, projetait ses fantaisies dans la mousse comme l'artisan d'un géant kaléidoscope.

*

Les yeux brûlés de merveilles, ils n'émergèrent qu'au soir de ce palais des mirages flottant sur la mer. Et là, brusquement apparu au détour d'une colline d'écume, un autre mirage les attendait.

Loin sur l'horizon, et pourtant si réel qu'on avait envie d'avancer la main, découpant ses montagnes en contre-jour au-dessus d'une mer étale et brillante, le Continent Sauvage paraissait flotter au-dessus des eaux, comme une île aérienne.

Terr fit ouvrir le capot. Une bouffée de parfums s'engouffra sur la passerelle, comme déléguée par la terre pour accueillir les oms. Calme plat dans la baie. Très haut, quelques oiseaux tournoyaient en croassant dans l'air tiède.

On ouvrit les écoutilles. Une foule d'émigrants peupla les ponts. Terr eut un mot heureux, s'accordant poétiquement au cadre. Il fit un geste de la main.

— Oms, dit-il. Le destin nous offre le Continent Sauvage comme un gâteau sur un plat d'argent !

Il se tourna vers Sav en ajoutant :

— On n'a même pas oublié la garniture.

Il désignait ainsi des îles de fleurs et de fruits étranges qui flottaient çà et là, mollement bercées, léchées sur leurs bords à petits coups de langue tiède par des vaguelettes.

Sav parut sortir d'un songe. Il regarda les fruits et les fleurs que l'étrave bousculait lentement au passage.

— Je ne te conseille pas d'y porter la main, dit-il.

— Parce que ?

— Fruits de pandanes !

114

— C'est donc ça !

— Oui. Brûlures mortelles !

En se rapprochant, on distinguait des détails. Le continent se découpait en plans panoramiques où dominaient le rouge, l'or et le violet, suivant la distance. Des brises languides échevelaient paresseusement des palmes penchées sur les plages. Plus loin, des vallées sinuaient aux flancs des monts. Les jungles bruissaient de jacassements animaux. Des bouffées puissantes de parfums tournoyaient entre les caps et les promontoires.

— Voilà la rivière ! dit l'Édile.

Un peu à droite, un estuaire répandait ses eaux vertes dans la baie mordorée.

Une heure plus tard, les deux navires remontaient le cours d'eau, passaient lentement sous des dais de feuillage, sous des arcs de triomphe de lianes entrelacées d'où tombait une pluie molle de pétales.

À chaque détour, les méandres cachaient une surprise, panache d'un pandane au sommet d'un mont, plages de sable noir où brillaient des micas, arche de pierre polie enjambant la vallée.

Sav observait les rives :

— Un pegoss ! annonçait-il.

Et l'on voyait une masse aux membres lourds s'ébrouer dans la vase.

— Une cervuse, un bossk !

Et l'on devinait la fuite d'une silhouette gracieuse sous les branches, poursuivie par un trot saccadé.

Des appels, des feulements, des crécelles s'entrecroisaient d'une berge à l'autre, au-dessus de la tête des oms.

Quand la nuit tomba tout à fait, on atteignit le lac figurant sur les cartes : L'Édile ordonna d'ancrer dans une crique. Deux détonations sourdes, des ondes concentriques à la surface, les deux ancres obus avaient harponné le fond, fixant solidement les navires au mouillage.

Terr interdit tout débarquement. Il descendit dans la chambre des cartes, en compagnie de Sav et de deux officiers. Charb et Vaill, qui avaient voyagé sur le bâtiment 2, vinrent bientôt les rejoindre, en passant d'un bord à l'autre. Le maître-bord 2 et le sous-maître les suivirent.

— Oms, dit Terr, l'Exode a réussi. Il nous a coûté cher et j'aime mieux ne pas parler du bâtiment 3. Inutile de s'attendrir sur le passé. D'autres dangers nous attendent sans doute. Mais nous sommes à l'abri des draags. Ils mettent très rarement le pied sur ce continent. Il nous sera facile de nous cacher longtemps. Il sera plus difficile de nous organiser pour survivre. Nos réserves ne dureront pas toujours. Et là où nous sommes, il n'y a pas d'usines ou d'entrepôts à piller. Nous ne sommes plus les parasites des draags, mais la race maîtresse de cette portion sauvage d'Ygam.

«Nous ne devons plus de comptes qu'à nous-mêmes, mais nous ne pouvons plus compter que sur nous-mêmes... Et puis, n'oublions pas que nous avons un devoir à remplir. Nous sommes privilégiés. Des millions d'oms sont toujours prisonniers des draags. Il faudra les ravir à cet esclavage. Ce grand projet demandera peut-être la durée de plusieurs générations. Nous ne le verrons sans doute pas réalisé. Mais qu'il brille au-dessus de nous comme un but sacré à atteindre. Qu'il fouaille nos énergies ! Et les enfants de nos enfants réussiront peut-être !

Il déplia une carte et posa son doigt au milieu.

— Les Hauts Plateaux, dit-il. C'est là que notre installation est prévue. Les jungles qui nous entourent sont trop malsaines, malgré leurs séductions…

TROISIÈME PARTIE

1

Le Grand Conseil Draag se tenait tour à tour dans la capitale de chaque continent. Cette fois, il avait lieu à Klud, capitale d'A sud.

Dans une vaste salle ornée de bustes (les plus fameux édiles des temps passés), les quatre Édiles présents trônaient chacun au milieu d'une vingtaine de subordonnés.

Admis comme orateur, le Maître Sinh était assis sur un matelas de confort, au centre de la salle, à égale distance des quatre grandes tables. Il parlait. Et la passion, la conviction de son exposé le faisaient un peu gesticuler. Sceptiques, certains Édiles le soupçonnaient de cabotinage et murmuraient qu'il faisait des effets de membranes.

— Enfin, disait le Maître Sinh, les fiximages que vous avez entre les mains sont éloquentes. Je vous conjure, Édiles, de ne pas minimiser l'importance des faits. Les draags sont habitués depuis toujours à se considérer, avec raison, comme une race maîtresse. Si bien qu'imaginer une autre race capable de les supplanter leur paraît ridicule. Or, j'affirme que les oms constituent un danger pressant.

« Vous ne pouvez douter des images étalées sous vos yeux. Les oms ont créé une cité, se sont organisés, se sont armés. Vous pensez qu'il serait facile de les pulvériser et vous avez raison sur ce point... à condition qu'ils n'aient pas progressé quand vous prendrez la décision d'agir. À condition qu'ils n'aient pas trouvé une parade.

Il s'interrompit un instant et leva un bras en l'air avant de poursuivre :

— Or, les fiximages des derniers plans sont inquiétantes. Quelles sont ces trois grosses masses décantées des halos parasites par nos spécialistes ? Certains ont parlé d'astronefs ! Ce qui serait alarmant et prouverait une efficience technique ahurissante. Mais notre inquiétude devrait alors se nuancer d'un secret espoir, puisque la fabrication de ces engins révélerait chez les oms un désir d'exil, de fuite ! Il serait alors politique d'essayer de prendre contact avec eux et de les aider dans leurs projets : nous en serions débarrassés... Malheureusement, ou heureusement, je ne pense pas qu'il s'agisse de cela. C'est trop tôt. Les oms n'en sont pas encore capables. Je pencherais vers une autre hypothèse, étayée par l'avis d'éminents spécialistes, et, sans même parler de spécialistes, par le simple bon sens.

Il s'essuya les tympans et désigna brusquement la carte d'A sud qui pendait derrière les délégués de ce continent.

— Les oms ont choisi un port ! clama-t-il. Le port le plus proche du « Continent Sauvage ». Et les trois objets énigmatiques sont des vaisseaux ! Le profil, la forme de l'étrave, l'ombre du capot de passerelle, tout y est. Cela doit sauter à l'œil le moins averti !

Il regarda tour à tour les quatre Premiers Édiles, avec lenteur, et ponctua :

— Il faut faire vite, Édiles, les oms sont rapides. Si vous n'agissez pas à temps, le «Continent Sauvage» deviendra avant peu inabordable sans de grands désastres ! Si vous frappez un grand coup, même pour rien, en admettant que mes idées ne soient que des hallucinations de vieillard, vous n'aurez fait que pourfendre une ombre, mais cela ne vous coûtera rien et vous aurez la conscience tranquille... J'ai parlé !

Il salua en écartant ses membranes, dit «bonheur sur vous» et sortit de la salle.

Dès qu'il eut disparu, l'Édile d'A sud leva la main. Trois têtes s'inclinèrent pour lui accorder la parole. Il réprima un sourire et dit :

— Édiles, le Maître Sinh est un draag de valeur, un savant. Et quoique son métier l'entraîne un peu trop loin dans ses prophéties...

Une vague d'amusement courut dans l'assemblée.

—... j'ai jugé bon de tenir compte de ses avertissements. Il est incontestable que l'om évolue, qu'il progresse, qu'il pourrait à la longue constituer un danger, qu'il a fondé une cité... J'ai donc pris les mesures que vous connaissez ; des éléments de télébarrage cernent le vieux port. Je compte sur votre accord pour appuyer sur le bouton qui en commande la mise en marche.

— Bien. Dès demain, les oms seront dans l'impossibilité de sortir de leur cité !

— Il leur restera la mer, plaisanta quelqu'un.

Tout le monde sourit.

— Pour plaire au Maître Sinh, continua l'Édile d'A sud, je vous propose d'envoyer au port une escouade de militaires cuirassés. Ils auront l'ordre de tout balayer aux rayons durs si les oms leur font mauvais accueil. Nous pourrons alors visiter la cité morte pour, comme dit le Maître Sinh, apaiser notre conscience en constatant que nous avons bel et bien pourfendu une ombre.

Tout le monde applaudit en riant. L'orateur fit signe qu'il avait quelque chose à ajouter.

— Toutefois, prenons certains de ses avertissements en considération. J'ai personnellement ordonné sur mon continent une désomisation bimensuelle et une stérilisation des oms les plus intelligents. Je ne saurais trop vous conseiller d'adopter les mêmes mesures sur vos territoires respectifs.

L'Édile de B nord parla :

— J'appuie, dit-il simplement.

Les deux autres édiles répétèrent en chœur :

— J'appuie !

Ils pressèrent tour à tour un bouton qui apposait automatiquement leur sceau sur le décret enregistré à l'étage au-dessous par le télé-enregistreur des débats.

L'Édile de B sud leva la main :

— Je propose de suspendre la séance pour une demi-heure. À la reprise, nous entendrons l'intéressant rapport des ingénieurs de mon continent sur le rendement des usines d'alimentation.

Les autres n'y virent aucun inconvénient. Car le Conseil n'avait à régler que de minuscules problèmes. Les choses fonctionnaient depuis si long-temps à la perfection sur Ygam, la grande machine administrative y tournait sans à-coups depuis tant de lustres, qu'il n'y avait pratiquement rien à faire que la laisser tourner.

Tout le monde alla s'ébattre un moment dans la piscine du Palais, ravi d'avoir assisté à une séance qui changeait un peu de la monotonie coutumière.

*

Quelques jours plus tard, trois sphères de l'ar-mée déposèrent une vingtaine de draags cuirassés aux abords du vieux port. À l'abri dans leurs sca-phandres, les soldats avancèrent au milieu des ruines, sans subir la moindre attaque. Ils renversè-rent quelques murs, fouillèrent les égouts, prirent des fiximages de quelques installations bizarres et, par acquit de conscience, passèrent soigneuse-ment la ville aux rayons durs.

Ils n'avaient pas rencontré un seul om.

*

Quand les images rapportées par la petite expé-dition parvinrent à l'Édile de Klud, celui-ci gloussa de satisfaction et demanda le Maître Sinh par télé-boîte intercontinentale.

— Savez-vous, lui dit-il, ce qu'étaient vos trois navires construits par les oms ?… Trois grossières représentations de poissons… Comment ? Mais si, Maître Sinh, j'ai les fiximages sous les yeux. Ce sont des tôles découpées en forme de poissons ; ils ont même gravé des yeux et des écailles !... Hein ?... Non, vous pensiez que ces oms étaient de grands marins, ce n'étaient que de petits pêcheurs. Voilà la raison de leur installation au bord de la mer. Quant à ces poissons de métal, il s'agit sans doute d'un culte grossier... oui... Ils en sont là, en effet ! Je dirais même qu'ils n'en sont « que » là ! Tranquillisez-vous, il n'en reste plus un. À vrai dire, les soldats n'en ont pas rencontré, mais ils ont tout passé aux rayons durs. Les oms avaient dû s'enfouir prudemment dans leurs souterrains les plus profonds. Ils ne remonteront jamais. Leurs cadavres brûlés sont certainement méconnaissables à l'heure où je vous parle.

L'Édile pensait rassurer le savant par cette nouvelle, mais ses espoirs furent déçus et la contrariété voila ses yeux rouges tandis qu'il sentait son tympan vibrer presque douloureusement aux récriminations amères et aux véhémences oratoires du Maître Sinh. Il eut du mal à placer un mot :

— Mais... mais je... mais oui, naturellement, je vous dis que tout a été brûlé ! Écoutez...

À la fin, il se rappela qu'il était Premier Édile et en eut assez des façons de son interlocuteur. Il décida de parler en Édile :

— Assez, Maître Sinh ! Si vous continuez sur ce ton, vous injuriez à travers moi tout le Grand Conseil. Ce serait montrer bien peu de reconnaissance à un gouvernement qui a l'intention d'agrandir le musée !

Cette menace voilée parut envenimer les choses et l'Édile dut hausser encore le ton.

— Non, non et non, Maître Sinh ! Je ne veux...

Voulez-vous me laisser parler, s'il vous plaît, je suis votre Édile ! Et malgré notre différence d'âge, j'ai l'intention de me faire respecter. Vous ignorez une chose, Sinh, c'est que sans moi et mon collègue d'A nord, les deux autres Édiles n'auraient même pas accepté de discuter la question ! Vous... comment ?... C'est possible, mon cher, mais dites-vous bien que lorsque cette histoire de poisson de métal va se répandre dans les sphères officielles, un rire énorme va balayer toute mesure superfétatoire contre les oms. Le Conseil vous a accordé deux désomisations par mois et la destruction du port. Ne lui demandez pas d'autres excentricités. Je regrette de vous parler sur ce ton, mais vous m'y avez obligé. Bonheur sur vous.

L'Édile coupa d'un geste sec et souffla de colère. Le Maître Sinh n'était vraiment pas raisonnable. Certes, la question des oms errants s'était posée, elle avait eu son heure d'actualité. Tout cela était juste. D'accord. Mais les mesures demandées par Sinh frisaient la démence sénile. Pourquoi pas une mobilisation générale ?

Et puis... l'Édile avait chez lui deux oms de race noire, deux animaux magnifiques et débordants d'affection pour leur maître. Il n'arrivait pas à imaginer que les congénères de ses bêtes familières pussent présenter un grand danger pour les draags.

2

Les draags avaient agi très vite, compte tenu des lenteurs nécessaires à leurs décisions administratives.

Entre le moment où ils avaient fiximagé les ruines du port et l'anéantissement de la cité, il s'était à peine écoulé quinze jours.

Cependant, ces quinze jours équivalant pour les oms à près de deux ans terrestres, ceux-ci avaient abattu un travail considérable. Outre la traversée de l'océan, ils avaient eu le temps de percer et d'aménager sous les rives du lac un port caché pour l'un des navires, de démonter l'autre entièrement pour faire de ses débris trois centaines de lourds véhicules aptes à la progression en brousse.

Au fur et à mesure de leur construction, ces véhicules étaient envoyés en reconnaissance vers les Hauts Plateaux, lieu choisi pour l'installation définitive. Si bien qu'une navette de véritables chars blindés circulait constamment entre le camp de débarquement et les hauteurs, hissant peu à peu tout le matériel, les ouvriers et les techniciens nécessaires à l'édification d'une cité.

Terr lui-même fit plusieurs fois le voyage pour surveiller les travaux.

Enfin, par dizaines de mille, de longues files d'oms, flanquées par la protection des chars, montèrent lentement par les jungles.

Les bébés, les jeunes mères et les enfants en bas âge, quoique vaccinés contre toutes les maladies tropicales possibles, ne touchaient pratiquement pas le sol avant d'arriver au but. À la base de débarquement, Terr les avait consignés dans le navire intact. Pendant le voyage, ils restaient dans les chars. On évitait ainsi tout accident, car le pays était bourré de fauves, ou même d'animaux placides, mais dangereux par leurs proportions gigantesques.

Enfin, à peu près à l'époque où le draag Édile d'A sud rivait son clou au Maître Sinh, la dernière cohorte d'émigrants se prépara au départ.

Terr avait tenu à en être. Sauf deux ou trois voyages d'inspection, il était resté le plus longtemps possible sur les bords du lac pour rassurer par sa présence les derniers rangs. Les autres, en effet, avaient moins besoin de lui. Ils vivaient dans un climat plus sain, moins débilitant. Mais ceux que le sort avait momentanément oubliés montraient souvent des signes de nervosité. Le prestige et l'autorité de l'Édile leur étaient nécessaires.

Un jour, une centaine de chars venus de la cité neuve débouchèrent de la jungle et s'avancèrent vers le camp, solidement retranché entre trois rocs énormes. Ils étaient attendus depuis longtemps. Ils amenaient la relève des gardiens du navire.

Quand ils pénétrèrent sur la place centrale du camp, dans un nuage de poussière, une foule délirante sortit des baraquements en bois pour s'assembler autour d'eux. Leur arrivée signifiait pour les autres un prochain et massif déménagement. Le dernier.

La foule suante s'extasia sur le teint frais des deux cents gaillards qui sautèrent des machines. Ceux-ci riaient aux éclats, répondaient de bonne grâce à toutes les questions qu'on leur posait sur les Hauts Plateaux et se laissaient embrasser par les omes.

L'Édile arriva bientôt. Il monta debout sur la tourelle d'un char et étendit les bras pour demander un peu de silence. Puis il parla dans une téléboîte et sa voix emplit la place :

— Oms, dit-il, on m'annonce que la ville est achevée !

Des vivats éclatèrent de toute part et Terr dut encore lever les bras pour se faire entendre. Il continua, souvent interrompu par l'enthousiasme de ses auditeurs :

— Cela signifie que nous pouvons partir... Nous y serons demain... N'avais-je pas raison de vous promettre la réussite de l'Exode ? Nous allons enfin vivre comme une race maîtresse !... Quant à vous, gardiens du navire, vous avez vécu des mois sur les hauteurs. Votre tour est arrivé de relayer ceux qui se morfondent depuis si longtemps au bord du lac. Je sais que beaucoup se demandent pourquoi nous gardons ce navire, pourquoi nous ne l'avons pas démonté comme l'autre, ce qui aurait sans doute accéléré notre installation et aurait libéré plus de matériel. Je leur répondrai qu'un peu de bon sens suffit à prouver le bien-fondé de nos décisions. Nous ne savons pas encore ce que nous réserve l'avenir. Un bâtiment peut nous être nécessaire encore. D'ailleurs, oms de garde, vous savez que vous serez fréquemment relevés. Et maintenant, vous tous, préparez-vous. Le plan d'évacuation étant depuis longtemps mis au point, nous pouvons nous mettre en route d'ici deux heures ! En route pour la cité neuve !

Quinze mille oms adultes firent exploser un formidable cri d'espoir, tandis que, dans la nursery du navire, deux mille bébés vagissants ignoraient tout du destin que leur préparaient leurs aînés.

Puis, la foule se disloqua, s'effilocha en tous sens vers les baraques, tandis que les chars manœuvraient dans la poussière les uns pour se garer, les autres pour se tourner vers la sortie et se mettre en position de départ.

Deux heures plus tard, l'avant-garde prenait la route, vite suivie de groupes de deux cents porteurs, chacun précédé d'un char bourré d'omes allaitant leur marmaille.

Quoique souvent parcourue, la route était à peine tracée. Conquise sur la jungle, elle était récupérée par elle après chaque passage et s'encombrait de jeunes arbres, de buissons et de prêles gigantesques. Les chars écrasaient tout sous leur poids et cahotaient douloureusement sur les débris des arbres abattus.

Dès les premiers stades, on pataugea dans la boue. Magma rougeâtre, la terre suintait comme une éponge. Très haut, les cimes des arbres se joignaient au-dessus de la route comme les piliers d'une architecture gothique. Elles formaient une voûte verdâtre d'où tombait un jour d'église, une forte pénombre coupée çà et là d'un rai de soleil oblique, comme un phare d'une sadique complaisance éclairant ici une mare grouillante de larves, là le squelette monstrueux d'un bossk adossé à une souche, avec sa tête ricanante tombée à ses côtés sur un matelas de feuilles pourries, plus loin une tantlèle, plante carnivore agitant voluptueusement ses tentacules dans la lumière, comme une danseuse orientale et perverse tordant ses membres sous un projecteur de théâtre...

Et l'on racontait en marchant de sinistres histoires. On se rappelait l'aventure arrivée aux premiers éclaireurs qui cherchaient le chemin des Plateaux. Souvent, ces oms épuisés par le climat, les yeux brouillés par la sueur et la tête bourdonnante d'hallucinations, s'étaient égarés dans la jungle. Et là, privés d'omes depuis longtemps, ils croyaient vraiment voir apparaître une danseuse lascive au détour d'un buisson. Ils avançaient, les mains tendues vers la plante que leur désir revêtait de toutes les séductions possibles, et succombaient à une étreinte délicieuse et fatale, vidés de leur sang par les suçoirs de la tantlèle, visage rongé par les baisers acides des corolles.

Rassurés par leur nombre, les émigrants riaient très fort en secouant la tête, mais ils détournaient subrepticement les yeux pour regarder ailleurs et parlaient vite d'autre chose.

Tous les deux stades, vingt porteurs montaient sur le dos d'un char et reposaient les muscles de leurs jambes. En fait, ils échangeaient leur fatigue contre une autre, car les soubresauts du véhicule leur cognaient les côtes sur la tôle. Pour ne pas glisser, ils devaient se cramponner dans des positions invraisemblables et, deux stades plus loin, c'était presque avec soulagement qu'ils laissaient la place à d'autres.

Après quelques lazzi et clins d'œil lancés aux omes occupant l'intérieur du char, après quelques sourires aux enfants, ils sautaient sur le sol et reprenaient leur charge sur leurs épaules.

Au cinquantième stade, on tomba sur le premier poste, le premier relais. Là, installés dans la gueule béante d'une caverne dentée de stalactites, un millier d'oms en accueillirent quinze mille.

Chacun se lava dans l'eau d'un torrent qui bouillonnait au fond de la grotte. Les médecins pansèrent des plaies, examinèrent les bébés un par un et accouchèrent quelques omes. On distribua des vivres et tout le monde s'endormit.

Les oms tombèrent dans un sommeil de brute, bercés par l'espoir. Encore neuf étapes, encore neuf haltes et l'on verrait la cité neuve !

L'Édile avait voulu donner l'exemple. Il avait marché comme les autres, en portant sa charge : deux lourdes ampoules de vaccin, matelassées d'un emballage de feuilles.

3

Allongé sur un tas d'herbes sèches, il dormait comme une souche lorsqu'un grondement de moteurs ricocha sous la voûte en tonitruants échos.

Des phares trouèrent la pénombre, des voix excitées se croisèrent et Terr se trouva debout, les yeux mi-clos, avant de comprendre qu'un om lui avait mis la main sur l'épaule pour l'éveiller.

— Quoi... quoi ? dit-il d'une voix molle.

— Édile, c'est une patrouille !

Terr se frotta les paupières.

— Une... oui, et alors ?

Il s'aperçut qu'un autre om accompagnait le premier.

— Chef de patrouille 4 ! lança l'om. Nous escortions une relève de deux cents oms pour le poste 1. Il y a une heure, nous avons croisé un bossk. J'ai fait stopper les moteurs pour ne pas l'énerver. Il a quand même attaqué.

« Nous lui avons tiré dessus. Blessé, il a écrasé deux chars et brûlé les trois quarts des oms. Nous avons alors donné toute la vitesse possible et nous arrivons pour vous prévenir. Il nous suit à la trace et paraît savoir où il va. Je pense qu'il sera là dans un quart d'heure si nous ne l'arrêtons pas avant. Je demande l'appui de vingt chars pour retourner à sa rencontre.

— Prenez cinquante chars si vous voulez.

— Ça ne servirait pas à grand-chose. La route est étroite et nous serions empêtrés les uns dans les autres.

— Bon, partez devant avec vos vingt chars. Je vous suis avec les autres, nous le tournerons.

Terr se tourna vers celui qui l'avait réveillé :

— Donnez-moi un om connaissant bien la région.

— Mais… moi, si vous voulez, Édile.

Des bébés braillaient un peu partout. Terr se dirigea vers l'orifice lumineux de la caverne donnant sur la jungle.

— Avec un bruit pareil, dit-il, le bossk ne peut pas se tromper de direction.

Il sortit et jeta un coup d'œil rapide à quelques oms étendus qui gémissaient pendant qu'on pansait leurs brûlures.

Il sauta dans un char en compagnie de son guide et d'une dizaine de combattants. Les moteurs ronronnèrent. D'autres chars avaient pris les devants, on les voyait patiner à un demi-stade de là dans la boue, comme de gros insectes têtus et maladroits.

Terr se pencha sur la téléboîte du bord.

— Chef de patrouille 4 ! Nous essayons de maintenir l'écart d'un demi-stade entre vous et nous. Signalez le bossk dès qu'il sera en vue !

Quelques minutes plus tard, la voix du chef de patrouille annonça :

— Le voilà. Il nous a vus. Il s'est arrêté à cent millistades de nous. Nous nous sommes arrêtés aussi. Nous nous regardons sans bienveillance dans le blanc des yeux. Il rugit.

Un puissant braillement emplit la jungle.

— Nous l'entendons d'ici, dit Terr. Gardez la distance, à cent millistades, il ne peut vous brûler.

Il se pencha vers son guide :

— Nous allons le tourner. Droite ou gauche ?

Le guide hésita :

—… Gauche ! À droite, il y a des marais un peu plus loin, nous serions enlisés.

Terr reprit dans la téléboîte, tandis que les chars obliquaient dans une mer de feuillages :

— Il vaut mieux se mettre d'accord pour éviter les accidents. Nous le tournons par la gauche, réglez votre tir en conséquence ! Où est-il blessé ?

— Au torse et à la face, nous ne pouvions pas tirer ailleurs, l'angle était mauvais.

— En effet. Vous ne l'aurez pas comme ça… Visez les pattes. Il est plus…

— Il avance ! cria le chef de patrouille.

— Ne le laissez pas approcher à moins de quarante millistades ! Concentrez votre feu juste sous la rotule.

« Cherchez plutôt à l'estropier qu'à l'abattre. C'est plus facile !… Nous arrivons.

— Il avance toujours… Feu !

Un sifflement déchira la jungle, puis un bruit de branches cassées.

— Revenons vers la route ! ordonna Terr.

Les chars se frayèrent un chemin vers la droite.

On devina une ombre gigantesque qui gesticulait derrière un rideau de feuilles.

— Visibilité suffisante ? s'informa Terr.

— Par l'écran de transfiximage, oui !

— Déployez-vous !

Les chars s'étirèrent en quart de cercle. Chacun cherchant un angle favorable. Une voix parla dans la téléboîte.

— Le chef de patrouille est brûlé. Je prends le commandement... Feu !

— Sous la rotule gauche, commanda Terr.

— Feu ! répéta le remplaçant du chef de patrouille, d'une voix enrouée couverte par des hurlements assourdissants.

— Feu ! dit Terr.

Les chars lâchèrent des traits de feu mauve à travers les branches. Les rayons convergeaient vers un même point. Une masse confuse et géante s'effondra dans un craquement formidable.

— Nous l'avons ! Il est tombé les pattes broyées.

— Sa tête est tournée vers vous ?

— Oui.

— Bon, n'approchez pas et ne tirez plus, vous pourriez nous blesser. Nous arrivons pour l'achever par-derrière.

Ils débouchèrent sur la route, en amont de la bête blessée. Vingt rayons mauves l'achevèrent d'une brûlure à la base du crâne. Le bossk eut un soubresaut, puis ses membres tremblants mollirent peu à peu.

Le bossk reposait sur le flanc. On voyait luire sa peau huileuse sur des bosses de muscles. Il dégageait une odeur insupportable. Voraces, des escadrilles de mouches s'abattaient déjà sur sa dépouille gigantesque.

Le premier groupe de chars était invisible. Les regards butaient sur le grand cadavre qui coupait la route. Terr parla dans la téléboîte.

— Bien travaillé, dit-il. Comment va le chef de patrouille ?

— Il est mort, répondit une voix dans l'appareil. Le bossk l'a atteint en pleine figure d'un jet de salive. Les acides l'ont rendu méconnaissable.

L'Édile ne s'attarda pas en vaine sentimentalité.

— Y a-t-il des chars équipés de canons-harpons parmi nous ?

— Deux, dit le guide en désignant un couple de véhicules un peu en arrière.

C'étaient des machines prévues pour débarrasser la route de certains obstacles gênants, comme des troncs d'arbres morts ou des rocs éboulés.

Terr fit lancer un harpon dans le garrot du monstre. La détonation fut suivie d'un choc mou tandis que le câble fouettait l'air à la suite du harpon vibrant à mi-hampe dans la chair morte.

Terr étudia la position de la bête et donna l'ordre de tirer un second projectile un peu plus bas. Puis les chars firent marche arrière, dérapant dans l'humus. Les câbles se tendirent à craquer, les harpons parurent sur le point d'arracher des quartiers de viande au cadavre. Mais celui-ci tourna lentement sur lui-même et bascula sur le dos.

Les chars poursuivirent leur effort, avancèrent encore de quelques millistades pour faire volter la bête sur une déclivité naturelle. En vain. Les chenilles métalliques arrachaient rageusement des paquets de terre noire. On sentait qu'il y avait équilibre presque parfait entre la force de traction et l'inertie de cette montagne de graisse. On sentait qu'il ne fallait qu'un coup de pouce pour réussir, pour vaincre le poids de l'animal.

Donnant l'exemple, Terr sauta sur le sol et prit un câble à pleines mains. Plusieurs oms l'imitèrent, nouant leurs poignes sur le métal, tirant pour aider les chars.

L'effort des deux machines les avait rapprochées. Les deux groupes de haleurs se mêlèrent presque en un seul grouillement de muscles tendus. La chenille avant d'un char frôla le flanc métallique de l'autre... Une étincelle prodigieuse jaillit comme la foudre, de ce contact imprévu. Tous les oms furent jetés à terre par la décharge.

Un moment de stupeur paralysa tout le monde. Quelques étincelles illuminèrent encore des visages ahuris. Puis un char glissa légèrement de côté, s'écarta de l'autre. Le phénomène cessa.

— Qu'est-ce que...? émit Terr.

— Je crois que je sais ! dit la voix de Sav.

Terr tourna la tête et reconnut le naturaliste. Assis dans une ornière boueuse, celui-ci souriait.

— Tu es là, toi? s'étonna l'Édile.

— Je n'aurais pas voulu rater une chasse au bossk !

— Tu savais que les bossks...

— Dégagent de l'électricité, non !

— Alors?

Sav se mit debout et frotta sur sa tunique ses mains souillées de terre.

— En fait, nous produisons tous un peu d'électricité. Nos muscles, du moins, pourraient en produire. Oh! très peu!... Si l'on réunit par un fil conducteur un point de la surface extérieure d'un muscle, et un point situé au centre de ce muscle, on obtient un courant!

— Oui, dit Terr, je sais bien, mais...

— Le premier harpon a plongé droit au centre du muscle saltipare, le plus gros muscle du bossk. L'autre pointe s'est presque piquée en séton, un peu plus bas. Je présume qu'après avoir traversé la couche de graisse elle effleure à peine la surface du saltipare. Les câbles étant métalliques, quand les deux chars se sont touchés, ils ont fermé le circuit. D'où cette décharge!

Terr branla la tête :

— Je n'aurais jamais cru...

— Tu oublies que ce muscle pèse des mégapoids à lui tout seul!

— Oui, eh bien... Mais que se passe-t-il, là-bas?

Des oms sortaient précautionneusement deux corps des chars immobiles.

— Les pilotes en ont pris un sacré coup, dit une voix. On fit cercle autour des accidentés. Pâles, haletants, ils firent entendre par monosyllabes qu'ils ne se sentaient pas capables de reprendre les commandes. On les porta à l'écart pour leur masser les côtes. Deux autres les remplacèrent.

— Attention, dit l'Édile. Doucement, cette fois! Écartez bien les deux chars l'un de l'autre.

*

Deux heures plus tard, de longues colonnes d'émigrants défilaient devant une falaise de viande noire bordant la route.

4

Au bout d'une journée interminable et coupée de haltes aux relais fortifiés, les oms débouchèrent de la jungle. Ils cheminèrent au flanc d'une montagne rase ou, seuls, des blocs de craie montaient une garde séculaire, piqués droit comme des sentinelles au-dessus des vallées. Une brise fraîche caressa les échines fatiguées.

Très loin, par-dessus des stades et des stades de brousse, on revit les méandres de la rivière et l'océan miroitant. Mais l'horizon était bouché par les molles collines du Pot d'Écume.

Peu à peu, le sol fut moins déclive. On passa quelques chauves mamelons avant d'atteindre une étendue balayée par les vents d'ouest. L'interminable colonne serpenta longtemps encore parmi les collines, les entonnoirs et les vallées sèches entaillant le plateau. L'avance obstinée des oms mettait en fuite des troupeaux de cervuses, qui disparaissaient en quelques bonds dans la pierraille des canyons.

Très haut, des pics altiers dominaient comme un décor de théâtre ce paysage de fin du monde

Le bruit des chars courait par vagues sourdes, ondulait en sonores interférences avant de se perdre aux lointains. Et ce concerto monotone berçait la marche des oms.

Soudain, l'espace vibra d'une musique plus stridente. On crut d'abord qu'un char s'enrouait dans un effort imprévu. Mais peu à peu, tous les visages se renversèrent vers les nuages. Le bruit venait de là-haut.

Alors, la foule médusée vit apparaître une sphère lourde et ronde, comme un gigantesque poing menaçant, prêt à s'abattre sur le destin des oms libres.

Venue de l'ouest, la sphère se rapprocha dangereusement du plateau. Elle parut courir à la pointe des herbes, ricocher le long d'un tremplin naturel, reprit de la hauteur et tournoya longuement au-dessus des émigrants.

Après le premier moment de stupeur, un flottement disloqua les rangs. Des porteurs jetèrent leur charge et coururent au hasard. Certains roulèrent au fond d'avens traîtreusement ouverts sous leurs pas. Mais courir ne servait à rien. Où aller ? L'immense troupeau parut le comprendre et s'immobilisa bientôt, à peine éparpillé, nu et sans défense sur le dos calcaire du plateau.

La sphère se rapprocha de nouveau et, prenant la colonne désorganisée en enfilade, vola tout le long d'elle. Sur son passage, la frayeur jetait les oms sur le sol. De proche en proche, ils parurent fauchés par une onde de choc.

Hébétés, ils gardèrent la pose longtemps après

que la fusée eut disparu vers l'ouest après avoir effectué un grand détour au-dessus des jungles.

Le bruit s'apaisant, on entendit les recommandations diffusées par les chars où les pilotes clamaient les ordres de l'Édile.

— Vous ne vous êtes pas trompés, oms, c'était bien une sphère draag. Faites confiance à votre Édile et reprenez la marche. La nuit va tomber bientôt et la ville est proche. La ville où tout est prévu pour votre sauvegarde!

Chacun obéit et la colonne s'étira de nouveau vers son but. L'événement avait délié les langues nouées par la fatigue. Un bourdonnement montait de la foule.

— Une sphère draag!

— Pourquoi n'a-t-on pas tiré dessus?

— Il paraît que l'Édile l'a défendu!

— J'comprends pas.

— Mais alors, si les draags savent que l'Exode a réussi, le…

— Tais-toi donc! L'Édile sait ce qu'il fait. Et puis après tout, la ville est proche. Ça fait des jours qu'elle contient déjà des cent mille et des cent mille oms. C'est peut-être une vraie forteresse!

— Il paraît que…

— On m'a dit que…

— Un vrai paradis, bien sûr!

— C'est bien mieux qu'au vieux port!

Peu à peu, le crépuscule descendit, noya les horizons, cerna le champ visuel de chacun à ses plus proches voisins.

Quand la nuit fut totale, on buta sur un barrage de chars surgis de l'obscurité, avant de comprendre qu'on était arrivé aux portes de la cité promise.

Beaucoup furent déçus. Ils s'attendaient à voir des murs rassurants, des lumières, des banderoles, des tours hérissées de lance-rayons.

Or, il n'y avait rien. Rien que la nuit où des lampes isolées se balançaient çà et là. Rien que des voix monotones lançant des ordres blasés :

— Stop ! Suivez votre char de section à gauche. À gauche, j'ai dit !

— La section suivante, avancez tout droit !

— Non, non, par rangs de trois personnes à la fois ; avançons, avançons !

Et puis des appels :

— Douce !

— Rouquin !

— Allons, pas de désordre !

— Suivez vos chars !

— On n'y voit rien !

— Blonde !

— Ne cherchez pas vos omes, vous les retrouverez dans la ville. Personne ne peut perdre personne, ici !... Allons !

Quelqu'un parla sous le nez d'un guide.

— Drôle de comité d'accueil ! Je croyais qu'on aurait droit à une petite fête. Ça se fête, non, la dernière colonne d'émigrants ?

Le guide recula son visage pour fuir une haleine fiévreuse.

— Allons, allons, avancez !

Tout cela au milieu des cris, des conversations, des questions, des ordres, des piaillements d'omes et d'enfants.

Chacun récriminait plus ou moins, aigri par les fatigues de la marche. Mais chacun sentait aussi battre son cœur à l'unisson d'une immense foule. Chacun réprimait dans le noir un sourire personnel, issu de la satisfaction de se sentir épaulé, bousculé par la présence rassurante des autres.

Grisés par le bruit martial des chars, par la présence toute proche d'une cité, par le piétinement infini du troupeau, les oms sentaient germer dans leurs cœurs une plante vivace, une plante qui poussait délicieusement ses racines intimes dans leurs tripes : le sens d'un bonheur collectif, une impression de force et de nombre qui faisait oublier les meurtrissures, les pieds blessés, la soif et la poussière.

Un grondement impératif de machine couvrit l'immense murmure. À grands coups de pinceaux lumineux, un char frayait sa route dans la multitude, tandis que, ouvert en grand, un haut-parleur clamait :

— Place ! Place au char de l'Édile !

Et tous sentirent confusément la noblesse de la formule. Une espèce de poésie de la puissance dilata tous les cœurs. Chacun nargua en secret les draags et leurs sphères. L'ordre fut répété par cent, par mille bouches, transformé en vivats.

— Place à l'Édile ! Place au char de l'Édile ! Vive l'Édile ! Bonheur sur l'Édile ! Bonheur ! Place au char !…

Le bruit de la lourde machine ébranla des voûtes, ses phares éclairèrent des parois scintillantes de cristaux. Et chacun s'aperçut qu'il marchait sous terre depuis déjà longtemps. Trompés par la nuit, les oms ne s'étaient pas vus entrer dans les grottes.

Les voix ne se perdaient plus dans la brise du plateau. Elles ricochaient, sonores, faisaient trois tours, revenaient sur elles-mêmes, s'enroulaient en d'étranges danses acoustiques. On provoqua les échos avec des rires d'enfants :

— Ho !

« Ho ! Ho ! Ho, ho, o, o… »

— Ha !

« Ha ! Ha, a, a… »

— Vive l'Édile !

« Édile ! Édile, dile, ile… »

— Ho ! Ha ! Édile, dile, o, a, Ha ! Dile, o…

Ce fut un vrai vacarme de fête foraine, dominé par le brouhaha trop fort et incompréhensible des recommandations officielles.

Soudain, un grondement terrible suspendit ces jeux. Quelque chose d'énorme roulait au flanc des rocs, faisait voler en éclats un cristallin jeu d'orgues, s'écrasait en mille projectiles pesants qui roulaient encore avant de plonger lourdement dans un lac sans fond.

Les oms se turent, angoissés. La voix d'un guide devint audible :

—… Dangereux de faire du bruit ! Certains rocs ne tiennent que par un fil et peuvent se décrocher brusquement !

On s'aperçut alors que les chars avaient disparu. Ils avaient dû obliquer par des voies réservées aux parcours rapides. Et leur bruit de ferraille s'était perdu dans les entrailles du sol.

Des « chut » coururent dans le noir. Tout le

monde progressa en silence. On entendit alors chanter l'âme des grottes.

C'était, immense dans la nuit, le son A... un A magnifique et discret, éternellement chuchoté, inquiétant et interminable, soufflé comme une haleine par des gouffres invisibles. Puis, suivant les détours du trajet, un « Oooo ! » sourd et profond. Et les oms aveugles peuplaient l'ombre d'hallucinations. Ils devinaient des entonnoirs ouverts comme des gueules, sur leur passage. Et puis des lèvres de pierre, distendues en grimaces figées.

— Pourquoi n'allume-t-on pas ? osa demanda quelqu'un.

Un guide répondit :

— Nous avons ordre d'économiser toutes les sources de lumière tant que le plan d'électrification ne sera pas accompli. Ne vous inquiétez pas et marchez les uns derrière les autres en vous tenant par la main. La route est sûre ici. Plus loin, on distribuera des flambeaux.

Des protestations étouffées jaillirent çà et là.

— Par la main ! Comme si c'était commode !

— J'ai besoin de mes deux mains pour tenir ma charge !

La voix du guide reprit :

— Dans peu de temps, vous pourrez déposer vos charges. Patientez un peu.

Ils allaient dans la nuit. Leur instinct leur disait qu'ils franchissaient des abîmes sur des ponts naturels. Par moment, une acoustique compliquée leur envoyait un tumulte de cascade ou bien le sucement avide d'une galerie aspirant des eaux courantes.

Plus loin, ils se sentaient traverser des salles immenses où des gouttes jouaient un petit air rythmé, toujours recommencé, en tombant de très haut sur des pierres plates ou dans des vasques de formes différentes...

Enfin, ils virent des lumières. Des flammes se tordaient ici et là, répandant une odeur de résine, éclairant des circonvolutions rocheuses et des failles tourmentées.

Ils tombèrent sur un petit groupe d'oms empilant des paquets les uns sur les autres dans une anfractuosité.

— Posez vos charges ! disait un guide au passage. Prenez ça, c'est moins lourd !

Il leur offrait des torches. Les mains avides se tendirent.

— Non, pas tous ! protesta le guide. Une torche pour vingt oms.

À la lueur dansante des flambeaux, ils s'aperçurent qu'ils n'étaient plus très nombreux, à peine quelques centaines. On leur expliqua que des groupes semblables avaient pris des chemins différents pour accéder à la ville.

— Il existe plusieurs passages. Cela évite les embouteillages et les accidents. Assez de questions, oms ! Continuons par ici.

Ils s'engagèrent à la queue leu leu dans un couloir aux parois régulières qui, de toute évidence, avaient été taillées par les oms. Puis ils retrouvèrent un sol irrégulier sous leurs pieds et s'avancèrent dans un pays fantastique.

C'était une immense forêt. Des stalagmites bariolées par le reflet des torches montaient droit vers les voûtes perdues dans l'ombre. Comme des troncs d'arbres finement sculptés, d'élégantes colonnes étincelaient à l'infini.

— Tenez haut les torches, dit le guide. Et ne baissez pas la tête. Nous avançons jusqu'à la taille dans une mare de gaz irrespirables. Courage ! encore une heure de marche et vous verrez la ville, ses lumières, ses maisons…

— Ses matelas ! cria quelqu'un.

Épuisés, les oms eurent le courage de rire.

5

Le char de l'Édile fonçait dans un couloir réservé aux chefs.

Il se perdit à toute vitesse dans un dédale d'abîmes et d'arcades et atteignit la ville en une demi-heure.

Ce furent d'abord des avenues nivelées par de fréquents passages et jalonnées de lumières électriques. Puis d'immenses cirques aux parois truffées d'orifices et de rampes d'accès, puis d'innombrables ponts métalliques jetés sur des torrents aux rives disciplinées par le plastobéton, et dans lesquels on voyait tourner des roues à aubes.

Plus loin, des masses d'ouvriers hissaient des poutrelles, manœuvraient des treuils, installaient des réseaux de fils conducteurs, scellaient des garde-fous le long des précipices, travaillaient avec une ardeur décuplée par le sens de l'intérêt collectif.

Le char freina sur une pente raide, vira sur la droite et stoppa devant un porche gardé par deux sentinelles.

L'Édile sauta sur le sol, fit un geste d'amitié au pilote du char et s'approcha d'un factionnaire.

— Bonheur sur vous, Édile, dit l'om.

— Annonce-moi au Conseil, dit Terr. Séance d'urgence.

Il s'engouffra dans le bâtiment tandis que l'om se penchait sur une téléboîte.

*

Une dizaine d'oms siégeaient autour d'une table ronde. L'Édile parlait.

— Que cette sphère soit passée là par hasard ou nous ait délibérément cherchés ne change rien au résultat : les draags savent que le continent est peuplé de milliers d'oms. Ils savent que nous avons des chars et, comme il est impensable que nous ayons passé l'océan à la nage ou sur des bateaux primitifs, ils savent que nous sommes capables de construire des bâtiments. Sans se tromper, ils vont nous croire à la longue capables de tout. Même de les vaincre. Si j'étais un Édile draag, je voterais pour une destruction immédiate et totale des oms !

Charb coupa :

— En mettant les choses au pire, nous avons toute la nuit devant nous pour échafauder un plan de défense.

— Quel plan de défense ? ironisa Terr. Qu'avons-nous à notre disposition ? Quelques chars équipés de lance-rayons mous, un peu de courant électrique et nos poitrines nues ! Cela me paraît très insuffisant contre des fusées à rayons durs.

Vaill émit un espoir :

— Ils ne connaissent pas la situation exacte de la ville.

Terr bondit :

— Non, dit-il, non et non ! Dis ça à la foule pour la rassurer, Vaill, mais pas à moi ! Pas au Conseil ! Ils ont repéré la direction de la colonne. Ils savent que nous affectionnons les souterrains. Ils connaissent la géologie du continent. Bref, ils savent où nous sommes !

— Alors, je ne vois qu'un moyen, dit un maître-bord, c'est de reprendre la mer, d'essayer d'atteindre l'autre Continent Sauvage.

— Avec un seul bâtiment ! Ne dites pas de bêtises !

— Nous disperser provisoirement et fonder une ville ailleurs, suggéra Charb.

Un silence pénible régna. Demander aux oms tous ces nouveaux efforts paraissait impossible. Et de toute façon, il faudrait encore quinze jours pour agir de la sorte.

— Fonder plusieurs petites villes au fur et à mesure du démontage de celle-ci. Et quand celle-ci sera attaquée, tant pis pour elle et pour ses habitants. Ils seront sacrifiés pour que vive la race.

— Non, dit Terr. Nous vivrons ou nous mourrons tous ensemble. C'est assez des pauvres compagnons que nous avons laissés chez les draags. Pas deux fois ! Et puis, la vie des autres serait précaire, perpétuellement menacée. Les draags passeraient le continent au crible, vous pensez bien !

— Alors ?

Terr se leva et marcha de long en large, en envoyant des coups de pied dans les murs de temps en temps. Soudain, il se frappa le front.

— Le télébarrage ! rugit-il.

Après un moment de surprise, Vaill donna un coup de poing sur la table.

— C'est vrai !

— Où sont les éléments de télébarrage que nous avons récupérés autour du vieux port ?

— Sous-maître, dit un maître-bord, où sont les listes ?

Un om jeune se leva.

— Je vais les chercher, dit-il.

Quelques minutes plus tard, il était de retour. Il posa de lourds registres devant l'Édile.

Celui-ci les ouvrit de ses doigts nerveux.

— Voyons… Sucre, suif, tachymètre… Tamis…

Il leva la tête :

— Tamis ? Qui a eu l'idée saugrenue de charger les bâtiments avec des trucs pareils ?

— Non, Édile, protesta un maître-bord. Ce sont des tamiseurs de rayons !

Terr chercha plus loin.

— Tarières… Télébarrage ! Les éléments sont au nombre de cent cinquante. Cinquante ont été perdus avec le bâtiment 3. Les cent autres sont répartis, comme suit : cinquante dans la ville, salle 7, réserve B, cinquante dans le navire resté à la base de débarquement (soute 2).

Il déplia une carte du Continent Sauvage en disant :

— On voit que les draags sont riches, ils n'ont pas fait les choses à moitié. Cent cinquante éléments pour cerner un petit port ! Il y aurait de quoi protéger tout le continent.

— Nous pouvons faire cet émetteur ! dit Charb avec enthousiasme.

— Et le courant ?

— Le plan d'équipement électrique prévoit une puissance totale de 50 000 unités. En remplaçant, lors d'une attaque, toutes les lampes et tous les appareils par de simples torches ou de simples feux, en consacrant tout le courant disponible à l'émetteur…

— Nous aurons 50 000 puissances ! coupa Terr. C'est insuffisant. À première vue, du moins.

Il poussa la carte sous le nez d'un technicien.

— Nous sommes à six cents stades de la côte la plus proche, à trois mille stades de la plus éloignée. Qu'en pensez-vous ?

Le technicien se livra à un rapide calcul.

— Il nous faudrait cent cinquante mille puissances pour que le télébarrage ne déçoive pas nos espoirs.

— Peut-on les obtenir en forçant le plan d'électrification ?

— Non, Édile. Pas avant des mois. Nous n'avons pas assez de matériel.

Vaill mit sa main sur l'épaule de Terr, les yeux brillants.

— En y ajoutant les piles des chars et celles de toutes les téléboîtes… et celles du navire que j'allais oublier !

Terr se frappa dans les mains et parla dans une téléboîte.

— Statistiques ? Ici, l'Édile. Toutes affaires cessantes, voulez-vous me faire le total de toute l'énergie disponible en électricité… Non, tout ! En additionnant les piles des téléboîtes et des chars, celles du navire, les piles de chauffage, tout, vous comprenez ? Quand aurai-je la réponse ?

Un quart d'heure plus tard, la réponse arrivait cent vingt mille puissances.

— C'est trop bête, dit Terr. Il ne nous manque que trente mille unités.

Son front se plissa. Où trouver le complément ? Il rêvait de turbines, de courant, d'étincelles géantes. Une image l'assaillit :

— Les bossks ! dit-il.

Personne n'eut l'air de comprendre. Il dut leur rappeler l'accident survenu dans la jungle, parla d'électricité musculaire. L'idée était à la fois géniale et baroque.

Sav ne faisait pas partie du conseil. On eut besoin de ses lumières. On le fit demander par téléboîte et Terr lui exposa ses difficultés, ses espoirs. Mais le naturaliste branlait la tête.

— Non, dit-il. Vous vous êtes laissé entraîner par votre imagination. Réfléchissez au nombre de bossks nécessaires au projet. Il faudrait les chercher, les tuer, car je doute qu'on puisse leur faire comprendre nos difficultés pour qu'ils viennent de plein gré…

Il eut un rire sans joie pour saluer sa plaisanterie et poursuivit :

— Ce ne serait pas un mince travail et ça prendrait du temps. Vous ne réussiriez à tirer ici que des charognes sans utilité. Ces muscles seraient depuis longtemps en pleine putréfaction.

— Mais pourquoi s'attacher aux bossks ? Il ne manque pas d'animaux gigantesques dans ce pays. Je suppose que le phénomène serait identique.

— Le problème aussi. Je   .

— Des cervuses !

— Évidemment, ce serait plus facile à tuer et à transporter. Mais vous passeriez un temps fou à mettre leurs muscles en série, et au moment de vous en servir, la putréfaction aurait fait son œuvre. Il faudrait tout recommencer… Au fond ce n'est pas bête comme idée, mais à deux conditions : utiliser des animaux en très grand nombre, les utiliser vivants ! Ce qui pose des problèmes insolubles à si brève échéance. Il faudrait de véritables écuries, ou des étables, appelez ça comme vous voudrez. Trouver un moyen de faire rester les bêtes tranquilles, leur fournir de la nourriture… oh ! la la ! Vous auriez plus vite fait d'essayer de mettre des turbines en route, ou de fabriquer des écrans solaires.

— Pas de matériel ! dit sombrement l'Édile. Le plan ne prévoyait qu'un débit de 50 000 unités.

Sav se gratta le front.

— À moins que…

— Quoi ?

— En cas d'attaque, avons-nous besoin de beaucoup d'oms ?

— Si nous avions des armes, il nous faudrait autant d'oms que d'armes, mais nous n'avons rien. Les oms seraient plutôt une charge, une cible à protéger. Ils ne serviront à rien dans la lutte s'ils ont les mains vides. Seuls quelques centaines pourraient s'occuper de l'émetteur et de divers petits postes d'alerte. Ce serait une guerre intégralement défensive.

Sav prit le bras de l'Édile et dit en lui massant familièrement le biceps :

— Sais-tu combien ce muscle peut donner ?

— Je l'ai su. Rappelle-le moi.

Sav sourit.

— Environ 5 millièmes d'unité de puissance.

Terr dégagea son bras avec mauvaise humeur et haussa les épaules. Mais Sav regarda fièrement les membres du Conseil et clama :

— Si je prends quatre muscles par om, j'obtiens 20 millièmes. Si j'utilise deux millions d'oms, c'est-à-dire huit millions de muscles, j'ai une source gratuite de 40 000 puissances, soit 10 000 de plus que nécessaire !

Tout le monde garda le silence. Terr rompit la glace.

— C'est idiot !

— Pas plus que tes histoires de bossks ! Je dirais même beaucoup moins.

L'évidence était là, renforcée par les chiffres. Mais le plan paraissait si absurde que tout le monde s'étonnait de ne pouvoir le balayer d'un seul argument.

— Il faudrait des tonnes de...

— De quoi ? coupa Sav. Je vais vous le dire : de fils conducteurs et d'aiguilles. Faites vérifier dans les réserves si vous avez le nécessaire. Si vous me donnez quelques transformateurs par-dessus le marché, je m'occupe du reste.

Puis il explosa.

— Bon sang ! Ça vaut tellement le coup qu'il ne faudrait pas hésiter à arracher la moitié de l'installation déjà en place pour se procurer le matériel.

6

La sphère volait dans la nuit. Elle mit dix longues heures à franchir l'océan. Trois autres heures la menèrent à Klud.

Quand le pilote draag vit les lumières de la capitale d'A sud, il surveilla son tableau de bord, attendit que les deux courbes mauves ondulant sur l'écran se confondissent en une seule et laissa descendre l'appareil à la verticale. La sphère se posa doucement sur le sphérodrome.

Le pilote décapota et sauta sur le sol. Des phares s'avançaient vers lui, sur le terrain. Il se baissa, tassé sur lui-même comme un malfaiteur pris au piège. Puis il courut. Ses pas flasques et précipités ébranlèrent le ciment.

À gauche, d'autres phares trouèrent la nuit, aveuglant de plein fouet le fugitif. Celui-ci tourna sur lui-même et changea de direction. Mais fatigué, s'avouant soudain qu'il ne pouvait réussir, il s'immobilisa et attendit l'approche des voitures de la police.

Des voix jaillirent :

— Ne bougez pas, nos lance-rayons sont braqués sur vous !

Bientôt, les voitures stoppèrent à proximité. Cinq grands draags portant brassards métalliques furent sur le pilote clandestin en quelques secondes.

— Suivez-nous !

Le coupable garda un maintien orgueilleux.

— J'exige de comparaître immédiatement devant le chef-police du sphérodrome. C'est la loi !

— Tiens, tiens, voyez-vous ça ?

— Ce citoyen connaît la loi, pas l'Édile !

— Montez dans la voiture et attendez qu'on vous interroge. Passez-lui les chaînes, vous autres !

— Vous regretterez de m'avoir brutalisé.

— Qui parle de brutalités ? Taisez-vous, c'est compris.

— Oh ! Sarev. C'est la sphère volée à Torm.

— Tu es sûr ?

— C'est le même matricule.

— Pose les scellés sur l'ouverture du capot et fais-la remorquer au dépôt spécial. En route, vous autres !

Quelques minutes plus tard, on poussait le pilote dans un local vivement éclairé. Les draags de la police montraient tous des mines sévères ou froidement ironiques.

Assis derrière une table, un draag à brassard rouge et or commença l'interrogatoire.

— Votre nom ?

— Êtes-vous le chef-police du sphérodrome ?

— Non. Mais je vous ordonne quand même de répondre à mes questions.

160

— Je refuse. J'ai une déclaration à faire au chef-police.

Le policier eut un geste de colère, ses yeux rouges s'allumèrent. Puis il se calma d'un seul coup.

— Après tout, dit-il, ça m'est égal. Vous ne faites de tort qu'à vous-même. S'il vous plaît de moisir en cellule plusieurs jours avant de vous décider à répondre, ça vous regarde.

— Je connais la loi, clama le prisonnier. Vous ne pouvez refuser de me mettre en contact avec le chef-police.

— Parfaitement exact ! Mais quand vous aurez décliné vos nom, âge, qualité et domicile. Et de toute façon pas avant demain matin. Vous figurez-vous qu'on réveille le chef-police au milieu de la nuit pour un petit voleur ?

Le coupable réfléchit un instant et perdit un peu de sa morgue.

— C'est bon, dit-il enfin. Je m'appelle Xeb Liaer, vingt-sept ans, naturaliste avec grade d'assistant à la Faculté de Torm, A nord. J'ai agi d'accord avec le Maître Sinh, mon supérieur. Je demande à parler au chef-police afin qu'il me mette en rapport avec l'Édile de ce continent.

— Un rien ! Que faisiez-vous dans cette sphère ?

— Je n'ai plus rien à vous dire. Que ceci : il est de la plus extrême urgence de faire ce que je vous demande. À vous de prendre vos responsabilités.

Tard dans la matinée, l'Édile d'A sud reçut une communication d'un chef-police. Celui-ci parla d'un fou se prétendant mandaté par le Maître Sinh, et d'un vol de sphère. L'Édile n'y comprit rien. Toutefois, le nom du Maître Sinh lui échauffa les tympans et, voulant en avoir le cœur net, il ordonna qu'on obéît au fou en l'introduisant au Palais. Il lui réserva une audience de cinq minutes dans l'après-midi.

Les pseudo-révélations du fou, ses exigences et son air arrogant mirent l'Édile dans une colère épouvantable. Il fit remettre le délinquant en cellule jusqu'à plus ample informé. Mais, par acquit de conscience, il fit envoyer un message à l'Édile d'A nord.

Celui-ci n'en prit connaissance que le lendemain. Dès qu'il eut un moment libre, c'est-à-dire vers le soir du même jour, il se mit en télérapport avec le Maître Sinh. Quand il eut compris de quoi il s'agissait, le vieux savant poussa un soupir de satisfaction et de soulagement.

— Je craignais déjà qu'il ne lui fût arrivé malheur, dit-il.

L'Édile suffoqua :

— Comment ? Vous avouez que ce draag agissait sur votre ordre ! Mais c'est insensé ! Passez me voir sans tarder, Maître Sinh. Je vous attends au Palais.

— Je ne demande que cela, Édile. J'arrive dans un instant.

*

Les explications furent orageuses. L'Édile brandit la loi. Le Maître lui répondit qu'il ne respectait la loi que lorsqu'elle n'était pas absurde.

— Mais enfin, Sinh, réfléchissez. Vous savez que les vols personnels sont interdits pendant la nuit, surtout les vols intercontinentaux! Vous savez qu'un voyage aux Continents Sauvages nécessite des vaccinations et des autorisations spéciales. Pour comble de folie, vous prenez une sphère d'État! Ce n'est plus une contravention, c'est un véritable délit! Vous rendez-vous compte que vous avez violé une brochette d'édits, de règlements, de…

— Je ne dis pas le contraire, Édile. Mieux, je m'en enorgueillis.

— Comment?

— Parfaitement. Vous me parlez de règlements alors que toute notre civilisation est en jeu. Ce jeune draag nous rapporte des renseignements alarmants sur les progrès des oms et vous ne pensez qu'à des histoires de contraventions! Qui de nous deux est fou? Je sais que l'on s'est moqué de moi au Conseil. J'ai donc fait ma petite enquête personnelle, car je suis sûr d'avoir raison. L'Édile de Klud a bien ri quand il a trouvé ces trois tôles découpées en poissons. Il n'a pas compris que c'était un trompe-l'œil. Je persiste à croire que les oms ont fabriqué des vaisseaux. D'ailleurs, j'ai des preuves. On a récupéré hier soir des débris de submersible sur une plage d'A sud. Une portion de coque à demi pleine d'eau a flotté dans le Siwo jusqu'au détour équatorial et…

L'Édile fulmina:

— Assez avec vos histoires d'oms!

— Vraiment? Si vous fuyez les histoires d'oms, ce sont elles qui vont nous tomber dessus d'ici peu, mais vous l'aurez voulu. J'exige que le Conseil examine en ma présence les fiximages rapportées par mon assistant.

— Vous rêvez !

— Je le voudrais bien. Vous êtes-vous seulement donné la peine de demander des précisions à votre collègue d'A sud ? A-t-on développé les fiximages ?

— La sphère est sous scellés.

Le vieillard eut un soupir rauque. Il replia ses membranes avec accablement.

— Quand je pense que mon assistant a parlé de dix mille oms et que vous êtes là, à remâcher de petits griefs sans…

— L'exagération même de ce chiffre prouve son manque de sérieux ! Mais avant de discuter des résultats douteux de cette expédition, il faut régler la question de son illégalité. Vous mettez les choses à l'envers.

Le maître se leva, mû par une colère froide.

— Je vois qu'il n'y a rien à faire pour vous convaincre qu'un danger nous menace tous. J'agirai donc autrement. Je suis le Maître Sinh. Vous êtes donc obligé de faire droit à ma modeste requête. Voulez-vous me donner une autorisation officielle de vol de nuit ? Je pars immédiatement pour Klud. Là, je vous tiens, tout Édile que vous êtes. La loi m'autorise en outre à agir avec la même autorité auprès de l'Édile d'A sud. J'exigerai l'ouverture des scellés, j'exigerai une entrevue avec mon assistant. J'exigerai une communication scientifique à tous les journaux. Communication scientifique ! Entendez-vous ? Les journaux ne peuvent « légalement » s'y opposer. Mais la teneur en sera telle que le peuple va s'enflammer. Une crainte terrible va submerger les draags ; une crainte terrible et salutaire ! Nous verrons si vous n'êtes pas obligé de réunir le Conseil dans les deux jours, sous la poussée de l'opinion ! Vous parlez toujours de loi, vous allez voir comment je sais m'en servir ! Vous y risquez votre place, Édile. Je suis désolé d'en arriver à cette extrémité.

7

Sur des stades et des stades de couloirs souterrains, des oms, mâles et femelles, étaient allongés les uns à côté des autres, comme des morts.

Aux carrefours, de grands feux brûlaient, rouge et or, réchauffant l'atmosphère, enfumant les voûtes. Les craquements et les soupirs des broussailles torturées par les flammes, les silhouettes noires et dansantes activant les brasiers, les reliefs tourmentés, tout rappelait l'enfer. Jusqu'à ces longues rangées de cadavres vivants, immobiles, formant d'interminables chaînes rayonnant autour des salles, peuplant les corniches et les ponts suspendus au-dessus des abîmes.

La cité semblait une immense nécropole où chacun attendait son tour d'incinération. Nus, les oms gisaient sur le dos. On leur avait transpercé les bras et les jambes avec des aiguilles qui pompaient le courant de leurs muscles. Ils étaient liés entre eux par des fils métalliques. Ils souffraient en silence depuis des heures.

Au début, les piqûres avaient été supportables. Mais peu à peu, la présence étrangère du métal brûlait les chairs. Des crampes tordaient les membres, çà et là, diminuant ainsi le rendement de l'immense pile vivante.

En nombre insuffisant, quelques médecins couraient de couloir en couloir, distribuant des conseils, de bonnes paroles, et de rares stupéfiants pour atténuer les souffrances. D'autres se penchaient sur des muscles noués, les massaient doucement pour en chasser la raideur tétanique.

D'autres, enfin, arrachaient les aiguilles d'un coup sec et libéraient ceux dont les plaies s'étaient infectées malgré les précautions. Héroïques, certains refusaient de céder leur place.

Par moments, on entendait des soupirs tremblés ou des plaintes... « À boire ! » Et des chariots poussés par des bras diligents et surmenés cahotaient d'om en om, distribuant une maigre pitance d'entretien.

On avait dû arracher presque toute l'installation électrique des souterrains pour obtenir un matériel suffisant. Mais pour l'entretien du moral, on avait laissé en place quelques diffuseurs d'où filtraient de temps en temps les encouragements officiels.

Ainsi, deux millions de citoyens se sacrifiaient en un vaste holocauste pour la cause commune. Ils donnaient leur fluide galvanique comme on donne son sang.

Et goutte à goutte, unité par unité, l'énergie s'ajoutait à l'énergie, courait en fleuve le long des fils, s'ajoutait dans les accumulateurs à la force issue des piles et des turbines hydrauliques, constituait un capital électrique nécessaire à la défense de la cité.

Par téléboîtes, les expéditions en brousse annonçaient leur retour. Elles avaient passé toute la nuit à disposer les éléments de barrage aux points stratégiques du continent. Pour atteindre certains endroits inaccessibles autrement, le dernier navire avait fait lentement le tour des côtes, lâchant ici et là des commandos qui posaient les éléments où il fallait.

D'ores et déjà, les oms pouvaient parer à une première attaque par fusées. Deux millions cinq cent mille oms pouvaient tenir tête à un milliard de draags !

*

Dans une salle spéciale, l'émetteur était en place. Tous les renseignements se concentraient dans la salle du Conseil, transformée en quartier général, et d'où ricochaient les ordres de l'Édile.

— Édile ! Les oms des nurseries n'en peuvent plus. Ils se surmènent depuis trop longtemps et commencent à faire des sottises.

— Faites-les relever par les oms du couloir 4. Ils échangeront la nature de leur fatigue. Les uns seront très heureux de se coucher, même avec des aiguilles dans les bras, et les autres vont pouvoir enfin bouger après deux jours d'immobilité !

Terr se tourna vers Charb.

— Il y a trop de bébés. J'aurais dû freiner les naissances. C'est une charge inutile.

— Pas pour plus tard.

— Sans doute, mais il n'y aura pas de « plus tard » si nous flanchons maintenant.

Bourdonnement d'une téléboîte. Charb pressa le bouton :

— Oui ?

— Ici, Vaill. Le rendement baisse !

— Pourquoi ?

— Les médecins exemptent de plus en plus d'individus. Je me demande s'ils pourront tenir encore longtemps. Et puis… Il y a eu un accident. Presque mille oms sont morts asphyxiés par les feux dans la salle 13.

Charb jeta un coup d'œil à Terr qui communiquait avec Sav. Il jugea inutile de l'accabler de ce détail tragique.

— Cache-le aux autres, souffla-t-il dans la téléboîte. Et fais discrètement le nécessaire. Y a-t-il des rentrées d'expéditions ?

— On m'annonce deux cents oms aux portes de la ville.

— Fais-les mettre immédiatement en batterie, ça les reposera.

— Il y a autre chose, quinze omes ont été électrocutées dans le couloir 7. L'une d'elles s'est endormie et a eu un geste malheureux dans son sommeil. Je te le signale en passant ; j'ai fait le nécessaire…

Pendant ce temps, Terr écoutait toujours un exposé de Sav.

— Et alors ? Je sais bien que nous avons des bombes, mais nous n'avons pas de fusées pour les envoyer. Il nous est impossible de faire une guerre offensive.

— Réfléchis un peu, Terr. Quand les draags

vont savoir que leurs fusées et leurs bulles tombent à l'eau, que vont-ils faire ?

— Ils enverront un corps de débarquement par mer, évidemment. Mais à ce moment-là, ce sera une bataille d'infanterie. Malgré nos moyens réduits, dans la brousse et avec notre mobilité, nous avons des chances de les décourager, sinon de les vaincre.

— Que dirais-tu si je te donnais le moyen d'envoyer des bombes sur les ports ?

— Je dirais que tu es un génie ou un fou. Parle toujours…

— Écoute, je ne suis pas physicien, moi. Je ne connais rien aux bombes. La façon de les fabriquer, de les modifier ou de les faire exploser ne m'intéresse pas. Je laisse cela aux techniciens. Mais il m'est venu une idée simple, une idée de naturaliste, pour les envoyer sur les côtes draags. Il faut les faire voyager sur des flotteurs jusqu'à l'entrée des ports.

Terr prit un air agacé et déçu.

— Alors, tu n'es pas un génie, tu es fou. Pense au temps et aux difficultés qu'il nous a fallu surmonter pour traverser l'océan. Nous n'avons plus qu'un seul navire et tu voudrais le voir aller mouiller des bombes au nez et à la barbe des draags. Les piles du navire sont tout juste suffisantes pour son expédition autour de nos côtes. Et puis, il faudrait mettre les flotteurs au point !

— Écoute-moi bien, Terr. Je sais par les registres que cinq cents bombes se trouvent à bord du navire ; où est-il en ce moment ?

— Il traverse précautionneusement la baie des pronges entre deux eaux.

— C'est bien ce que je pensais. Hier, il était au Cap Noir. En somme, il ne lui faut pas beaucoup d'efforts pour atteindre le point 7.36 du Siwo ?

— Pour quoi faire ?

— À cet endroit, le Siwo longe les rivages de l'île Pourrie. C'est un véritable dépotoir d'œufs de pronge non fécondés qui, plus légers, s'échouent sur les plages. Beaucoup se brisent sur les récifs pendant les marées, mais il en reste assez d'intacts. Et voilà tes flotteurs ! Il suffit de percer deux trous dans chaque coquille pour vider la pourriture, d'introduire une bombe à la place avec un lest permettant une immersion suffisante pour cacher l'engin aux regards. Reboucher les trous n'est pas un gros problème. Le déclenchement de la bombe pourrait être étudié par les techniciens à partir de la brisure accidentelle de la coquille, sous l'étrave d'un navire draag, par exemple.

Terr secoua la tête et dit :

— Cela ne me donne pas le moyen d'envoyer les œufs sur les continents draags.

— Déplie une carte, cher Édile. Tu y verras deux courants très intéressants, capables de faire dériver les œufs vers leur but, le « Siwo Retour » qui oblique vers le nord et va se perdre en éventail vers les deux bases d'A nord et d'A sud ; et le grand Courant Équatorial, qui file directement vers les côtes de B nord. Pour ce dernier continent, j'avoue que les explosions auront lieu un peu au hasard !… Si j'étais le Conseil Draag, c'est là que j'ordonnerais de prendre la mer. Le « Siwo Retour » ne peut pas manquer les navires draags au mouillage. Même si certaines bombes manquent leur but, les navires coulés perdront autant de corps de débarquement que nous n'aurons pas à combattre. Quant aux autres explosions, imagine leur effet moral sur les draags ! Après leur premier échec, dû à notre télébarrage, ils vont nous prendre pour des adversaires dangereux et nous pourrons peut-être obtenir une paix basée sur la coexistence. Ce ne sera plus qu'une question de bluff diplomatique.

— Oh là ! Arrête-toi un peu. Ne t'emballe pas, dit Terr. J'admets qu'il y a là une idée. Écoute, nous avons le temps, le navire ne sortira pas de la baie des pronges avant deux longues heures. Je te donne carte blanche pour réunir les spécialistes nécessaires à l'étude du projet. Débrouille-toi pour les trouver où ils sont. À propos, où es-tu affecté ?

— À quoi veux-tu qu'on affecte un naturaliste, dans ces circonstances ? Je suis rentré dans le troupeau, c'est-à-dire que je viens de passer deux jours allongé dans le couloir 7. Ça m'a donné le temps de penser aux pronges.

— Ça va ?

— J'ai les jambes en compote et j'ai de la peine à bouger les bras. Mais ça ne m'empêchera pas de dénicher les spécialistes.

— Bonne chance !

Terr ferma la téléboîte et se tourna vers Charb. Celui-ci écrivait quelque chose sous la dictée de son appareil. Il était mortellement pâle, à sa façon d'om de couleur, ce qui lui donnait un teint grisâtre.

L'Édile se pencha sur le texte et sentit son cœur s'arrêter. Il lut ceci :

«Unité de pillage n° 104, transformée unité de renseignements. Affectée Klud (A sud)... (indéchiffrable)... nouveau Grand Conseil draag exceptionnellement présidé par Maître Sinh a voté le... (indéchiffrable)... percé le secret militaire et nous annoncent que dix fusées seront lancées sur les Hauts Plateaux du Continent Sauvage à 28 heures, 7 x. — Je répète. — Nos agents ont percé le... (indéchiffrable)... Sauvage à 28 heures, 7 x ».

8

Les anciens Édiles draags avaient perdu leurs sièges sous la poussée populaire. Pour apaiser la frayeur et les désordres, il avait fallu annoncer que le Maître Sinh prenait les choses en main.

Toutefois, une vaste chasse à l'om s'était spontanément organisée sur les quatre continents artificiels. Les draags allaient jusqu'à brûler les parcs ou les vieux bâtiments suspects. Sous l'effet de cette frénésie de meurtre, on vit surgir des oms de partout. Ils sortaient par bandes des caniveaux enfumés, couraient par les rues en hurlant, sortaient des terrains vagues à demi cernés par les flammes, s'enfuyaient en troupes nombreuses et affolées par les campagnes. Quoique prévenus, jamais les draags n'auraient imaginé en voir autant. Il avait fallu cette chasse pour révéler le nombre incroyable d'oms libres vivant de rapines aux dépens de la Société. Plus on en tuait, plus on en trouvait à tuer.

La terreur les rendait agressifs. Ils mordaient au passage, bondissaient de leurs trous pour sauter à la figure des chasseurs penchés sur eux, lançaient des projectiles. Certains avaient envahi des arsenaux et soutenaient un siège en règle en jetant des grenades à rayons.

Néanmoins, certains draags étaient restés chez eux. Atterrés par les événements, ils caressaient en pleurant leurs oms de luxe inoffensifs avant de les sacrifier. D'autres refusaient d'obéir à leurs voisins, parfois à leurs familles. Ils clamaient bien haut que leurs oms étaient restés de bons animaux sans intelligence et les défendaient de toutes leurs forces. D'autres encore agissaient par ruse. Ils montraient des cadavres anonymes en affirmant qu'ils avaient tué leurs oms, alors qu'ils les tenaient cachés.

Mais la plupart des victimes furent des oms sauvages à peine dégrossis, ahuris de la subite colère des draags après tant d'années de tolérance. Ceux qui avaient appartenu à l'organisation du vieux port flairaient depuis longtemps le danger. Ils s'étaient mis à l'abri dans des cachettes introuvables et continuaient tant bien que mal à renseigner par téléboîte la ville du Continent Sauvage. Ou bien, plus actifs, ils faisaient sauter des bâtiments publics ou des voies de communication.

Cependant, le Maître Sinh bénéficiait d'un vieux titre tombé en désuétude depuis des lustres. On l'appelait Édile Suprême et son pouvoir était absolu.

Pour lors, environné de conseillers, il était installé dans une salle du Palais de Klud et fixait un planisphère lumineux d'Ygam.

À vingt-huit heures sept, on vit s'allumer trois points bleus au sud d'A nord, et sept autres points le long des côtes d'A sud. Les fusées étaient lancées vers le Continent Sauvage. Elles portaient des charges de mort à destination des Hauts Plateaux et l'on pouvait suivre leurs lentes trajectoires sur la carte qui se rayait peu à peu de lignes convergentes.

Quand les trajectoires furent à quelques stades du continent, le Maître Sinh serra les accoudoirs de son matelas de confort et pencha sa grosse tête en avant.

— Cette fois !… dit-il.

Mais, à la stupéfaction générale, les lignes lumineuses s'éteignirent brusquement. Une seconde d'épais silence régna parmi les draags. Puis, chacun s'exclama, douta du bon fonctionnement de l'écran-planisphère, commenta désobligeamment la valeur des techniciens. Le Maître Sinh déploya une membrane pour calmer du geste le tumulte.

— Faites vérifier ! dit-il.

Un draag s'empara d'une téléboîte, mais celle-ci bourdonnait déjà d'un appel.

-— Comment ? Oui, les fusées… Eh bien ? Vous êtes sûr !… J'en réfère immédiatement à l'Édile Suprême.

Il reposa l'appareil et une douloureuse stupéfaction peinte dans ses yeux rouges :

— Les dix fusées sont tombées à la mer.

Le Maître Sinh ne laissa rien paraître de son émotion.

— Faites envoyer dix autres fusées des continents B, dit-il d'une voix froide.

Un quart d'heure plus tard, les dix nouveaux projectiles subissaient le même sort.

176

— Ils ont un barrage ! dit quelqu'un. C'est incroyable !

L'Édile Suprême ordonna de bombarder sans arrêt pendant une heure. Pendant une heure on vit les trajectoires s'éteindre régulièrement à quelques stades du continent.

On fit envoyer des bulles de reconnaissance. Elles ne revinrent pas. Alors, la mort dans l'âme, le Maître Sinh ordonna le départ des vaisseaux de débarquement.

— Il est probable que les moteurs s'arrêteront à dix stades des côtes, dit-il. Nos draags continueront à la nage. Nous avons au moins cette supériorité sur les oms, nous sommes d'excellents nageurs.

Une heure plus tard, une terrible nouvelle arrivait au Palais. Sur quarante navires, trente avaient été frappés par des engins inconnus et coulés à deux stades des ports. Puis, à cinq stades en mer, deux nouvelles explosions envoyaient trois autres navires par le fond.

L'affolement gagnant les troupes rescapées, l'Édile Suprême annula ses ordres et se prit la tête dans les mains, au milieu de la consternation générale.

— C'est épouvantable, murmura-t-il. Je n'imaginais pas avoir raison à ce point !

C'est alors qu'une téléboîte bourdonna pour la centième fois de la journée.

— Quelle catastrophe nous annonce-t-on encore ! soupira le Maître Sinh.

Un draag se pencha sur la téléboîte et s'exclama :

— Envoyez le texte immédiatement.

Il se tourna vers le vieux draag découragé :

— Édile Suprême, dit-il. On vient de capter une émission des oms. Ils nous font des propositions.

9

Dans la ville des Hauts Plateaux, loin de chanter victoire, on attendait anxieusement la réponse des draags. Les oms étaient épuisés par une longue nuit de combat où, cependant, la plupart n'avaient rien fait d'autre que de rester couchés avec des aiguilles dans les membres pour donner du courant à l'émetteur.

Dans la salle du Conseil, Terr tripotait nerveusement le texte de ses propositions. Il en remâchait des passages à mi-voix :

— «Depuis des années déjà, des millions d'oms s'embarquent clandestinement à destination du Continent Sauvage. Nous y avons bâti une civilisation qui vaut bien la vôtre. Draags, pourquoi poursuivre une guerre inutile alors que vous avez tout à gagner à collaborer avec nous ? Nous ne sommes pas vos ennemis. Nous nous sommes contentés de nous défendre. Il nous serait pourtant facile de brûler vos capitales… »

Terr soupira et jeta son papier sur la table.

— Ce bluff est notre dernière chance, dit-il. Il nous reste juste assez de courant pour dévier une vingtaine de fusées. Les oms ne tiennent plus le coup. Il ne reste qu'une petite centaine de milliers d'individus courageux en batterie. Il a fallu exempter progressivement tous les autres.

Charb lui mit la main sur l'épaule.

— Ne te désole pas. De toute façon, nous aurions mené une vie misérable chez les draags. Grâce à toi, nous avons vécu une extraordinaire aventure. Et d'ailleurs, rien ne dit que…

Une téléboîte bourdonna. Vaill se précipita sur elle et se releva presque aussitôt, les joues rouges d'excitation.

— Les draags acceptent nos propositions ! cria-t-il.

Tout le monde se dressa d'un seul coup, assailli d'une joie presque douloureuse. Puis ce furent des rires et des embrassades, des vivats et des cabrioles bien peu dignes d'un Conseil.

Quand le calme revint, Terr frappa du poing sur la table.

— Pour maintenir notre bluff jusqu'au bout, dit-il, il faut que les plénipotentiaires se présentent aux draags dans un appareil éblouissant. Un navire draag doit rencontrer le nôtre dans cinq jours, en plein océan, à mi-chemin de nos côtes respectives. En cinq jours, nous avons le temps de faire des merveilles. Je veux que le navire soit révisé à fond, repeint, équipé de fausses antennes et de lance-rayons postiches qui donnent aux draags une haute idée de nos techniques. Nous n'avons pas de vérifications à craindre. Leur taille les empêche de visiter un bâtiment dont les accès sont à notre mesure.

Vaill lui coupa la parole. Il était blême.

— Nous n'avons pas pensé à une chose, dit-il. Les navires draags vont continuer de sauter sur les œufs qui pourrissent le « Siwo Retour » ! Les draags vont nous suspecter de déloyauté et reprendre une offensive désespérée !

— C'est prévu, ricana Terr. Les draags sont avertis que la sortie de leurs ports militaires est menacée par nos armes. Ils acceptent d'envoyer leur bateau par un port civil situé plus au sud, dans une zone sans danger. Nous avons été intransigeants sur ce point parce que nous ne pouvions pas faire autrement. J'avais d'ailleurs une peur bleue qu'ils refusent de s'abaisser à ce point.

Vaill s'étonna :

— En somme, c'est une espèce d'ultimatum. Et ils ont accepté !

— Extraordinaire, mais vrai ! Tu oublies que les draags se sont déshabitués de la guerre depuis des lustres. L'échec de leur offensive a brisé leur moral. Cela nous permet des airs de vainqueurs. Ils nous croient capables de tout. Nous allons pouvoir dicter des conditions qui, très osées de notre part, leur paraîtront d'une douceur relative étant donné nos succès.

Un vacarme filtrait de toute la ville troglodyte. Un om entra dans la salle, les yeux fous, le sourire aux lèvres.

— On demande l'Édile, cria-t-il. Montrez-vous, Édile, ou bien la foule va forcer les barrages.

Suivi des membres du Conseil, Terr enfila un corridor menant à une ouverture. Il déboucha sur une terrasse, à mi-hauteur d'une grotte immense, et leva les deux mains, salué par une foule hurlante d'oms en délire.

Le bas de la grotte grouillait de visages levés, de bouches ouvertes, de silhouettes gesticulantes. Dans leur enthousiasme primitif, des femelles s'arrachaient les cheveux et les jetaient vers l'Édile, des mâles formaient des pyramides de muscles au sommet desquelles des enfants riaient aux éclats en agitant leurs petits bras.

10

Cinq jours plus tard, deux navires se rencontraient en pleine mer et se saluaient en lançant des gerbes de rayons vers le ciel.

Le bâtiment des oms brillait de mille feux sous le soleil. Il s'avança rapidement vers le bateau draag et l'accosta en une manœuvre impeccable. Rangés sur le pont, les hommes d'équipage, casqués et magnifiques dans leurs uniformes, rendaient les honneurs à leurs adversaires de naguère.

Sanglé dans une tunique luisante, botté de plastique, arborant un rutilant pectoral, Terr monta lentement à bord du vaisseau draag, suivi par une dizaine d'oms.

Les draags n'en revenaient pas de rencontrer des oms accoutrés de la sorte. Ils les avaient toujours vus nus et humiliés par le port d'un collier. Et ce spectacle leur aurait paru comique s'ils ne s'étaient pas rappelé les événements des jours précédents.

Lui-même paré des insignes de sa fonction, le Maître Sinh accueillit l'Édile des oms avec de grands égards et l'invita à le suivre dans sa cabine.

Ils eurent une longue conversation. Terr s'efforçait de parler lentement et de bien prononcer toutes les consonnes pour se faire comprendre du draag. Mais sa pensée allait beaucoup plus vite que ses mots et lui donnait l'avantage dans la discussion.

Le vieux draag n'en était pas dupe et se sentait en infériorité.

— Je crains fort, disait-il, que la signature de ces accords ne vous rendent bientôt maîtres de la planète. Vous êtes beaucoup plus rapides que nous. Certes, nous vivons plus longtemps, mais vous vous multipliez très vite. Vos techniques, votre civilisation n'auront pas de mal à dépasser la nôtre en peu d'années.

Terr fut absolu et sincère dans sa réponse.

— Non ! dit-il. Il existe, Édile Suprême, un grand danger pour une race évoluée : la sclérose. Vous connaissez le passé des oms et vous en savez quelque chose. Quand une civilisation atteint son point de perfection, elle devient une gigantesque machine, incapable de progrès, et dont tous les membres ne sont plus que des rouages sans pensée.

— C'est de cette situation que nous vous avons tirés en vous amenant sur Ygam.

— Je sais. Nous vous en sommes en quelque sorte reconnaissants. C'est pourquoi je vous mets en garde, Édile Suprême. Votre société donne des signes de sénilité. Elle est trop parfaite et, peu à peu, les draags deviennent des robots routiniers. Voyez le mal que vous avez eu à réveiller l'énergie de vos congénères. Encore quelques dizaines de lustres sur cette pente facile et vous ne serez plus qu'une vaste «fourmilière» sans âme. J'emploie des mots que vous connaissez, puisque vous avez étudié les animaux terrestres.

Le Maître Sinh eut un vague geste de membrane. Il se pencha en avant pour être à la hauteur de son interlocuteur.

— Nous serons encore plus à votre merci.

— Pas du tout. Car si vous étudiez bien l'article 10 du traité que, je l'espère, vous allez signer tout à l'heure, vous en verrez tout l'intérêt pour nos deux peuples. Il prévoit une large association de nos deux civilisations. Il n'y aura plus de race maîtresse, mais deux races égales, qui travailleront côte à côte, en se faisant mutuellement bénéficier de leurs progrès. En sentant près de vous cette amicale rivalité, vous éviterez la sclérose collective dont je parlais tout à l'heure. Et vous jouerez le même rôle sur nous. Je prévois pour nos deux races un avenir extraordinaire, conquis grâce au ressort de l'émulation.

— Tout cela sera bien long à mettre en route. Les draags sont encore désemparés à votre sujet. Certains vous chérissent comme de gentils animaux, d'autres vous craignent comme de futurs conquérants.

— Et ces deux attitudes nous blessent autant l'une que l'autre, l'une dans notre orgueil, l'autre dans notre loyauté. Les plaies sont encore trop fraîches. Faites confiance au temps.

L'Édile Suprême des draags tendit lentement sa main vers celle de l'Édile des oms. Puis il apposa son sceau au bas du traité.

Il redressa son vieux corps et alla ouvrir la porte de la cabine.

— Draags, dit-il, et vous, petits oms, j'ai signé !
Le travail de vos Édiles est terminé. La mise au
point des détails sera votée par les conseils. Nos
deux races sont unies pour le meilleur et pour le
pire !

*

Dans le soir doré descendant sur la mer, deux
vaisseaux s'accotaient l'un à l'autre, comme deux
amis. Des hymnes draags et des chants d'oms
ondulaient dans la brise.

DU MÊME AUTEUR

Aux Éditions Gallimard

RETOUR À O (Folio Junior n° 709)

Aux Éditions Denoël

OMS EN SÉRIE (Folio Science-Fiction n° 11)

LE TEMPLE DU PASSÉ

LA MORT VIVANTE

PIÈGE SUR ZARKASS

TERMINUS 1

LA PEUR GÉANTE

ODYSSÉE SOUS CONTRÔLE

L'ORPHELIN DE PERDIDE

NOÔ

RAYONS POUR SIDAR

NIOURK (Folio Junior n° 439)

Chez d'autres éditeurs

ŒUVRES COMPLÈTES (Éditions Lefrancq)

Dans la même collection

1.	Isaac Asimov	*Fondation*
2.	Isaac Asimov	*Fondation et Empire*
3.	Ray Bradbury	*Fahrenheit 451*
4.	H.P. Lovecraft	*La couleur tombée du ciel*
5.	Mary Shelley	*Frankenstein ou Le Prométhée moderne*
6.	Fredric Brown	*Martiens, go home!*
7.	Norman Spinrad	*Le Printemps russe, 1*
8.	Norman Spinrad	*Le Printemps russe, 2*
9.	Dan Simmons	*L'Échiquier du mal, 1*
10.	Dan Simmons	*L'Échiquier du mal, 2*
11.	Stefan Wul	*Oms en série*
12.	Serge Brussolo	*Le syndrome du scaphandrier*
13.	Jean-Pierre Andrevon	*Gandahar*
14.	Orson Scott Card	*Le septième fils*
15.	Orson Scott Card	*Le prophète rouge*
16.	Orson Scott Card	*L'apprenti*
17.	John Varley	*Persistance de la vision*
18.	Robert Silverberg	*Gilgamesh, roi d'Ourouk*
19.	Roger Zelazny	*Les neuf princes d'Ambre*
20.	Roger Zelazny	*Les fusils d'Avalon*
21.	Douglas Adams	*Le Guide galactique*
22.	Richard Matheson	*L'homme qui rétrécit*
23.	Iain Banks	*ENtreFER*
24.	Mike Resnick	*Kirinyaga*
25.	Philip K. Dick	*Substance Mort*
26.	Olivier Sillig	*Bzjeurd*
27.	Jack Finney	*L'invasion des profanateurs*
28.	Michael Moorcock	*Gloriana ou La reine inassouvie*
29.	Michel Grimaud	*Malakansâr*
30.	Francis Valéry	*Passeport pour les étoiles*

Composition Interligne.
Impression Société Nouvelle Firmin-Didot
à Mesnil-sur-l'Estrée, le 14 septembre 2000.
Dépôt légal : septembre 2000.
Numéro d'imprimeur : 52483.

ISBN 2-07-041560-0/Imprimé en France

97144